김태현 신무협 장편소설
ORIENTAL FANTASY STORY & ADVENTURE

무당괴공 1

초판 1쇄 인쇄 / 2013년 5월 21일
초판 1쇄 발행 / 2013년 5월 31일

지은이 / 김태현

발행인 / 오영배
책임편집 / 편집부
펴낸 곳 / (주)삼양출판사 · 드림북스

주소 / 서울특별시 강북구 솔샘로67길 92
대표 전화 / 02-980-2112 팩스 / 02-983-0660
편집부 전화 / 02-980-2116 팩스 / 02-983-8201
블로그 / blog.naver.com/dreambookss

등록번호 / 제9-00046호
등록일자 / 1999년 3월 11일

ⓒ 김태현, 2013

값 8,000원

(주)삼양출판사 · 드림북스의 서면 허락 없이는 어떠한
형태나 수단으로도 이 책의 내용을 이용하지 못합니다.

ISBN 978-89-542-5290-4 (04810) / 978-89-542-5289-8 (세트)

* 지은이와 협의하에 인지는 생략합니다.
* 잘못된 책은 구입한 곳에서 바꾸어 드립니다.

이 도서의 국립중앙도서관 출판시도서목록(CIP)은 서지정보유통지원시스홈페이지(http://
seoji.nl.go.kr)와 국가자료공동목록시스템(http://www.nl.go.kr/kolisnet)에서 이용하실 수
있습니다. (CIP제어번호: 2013006900)

무당괴공 1

김태현 신무협 장편소설

ORIENTAL FANTASY STORY & ADVENTURE

dream
books
드림북스

무당괴공
武當魁公

목차

序

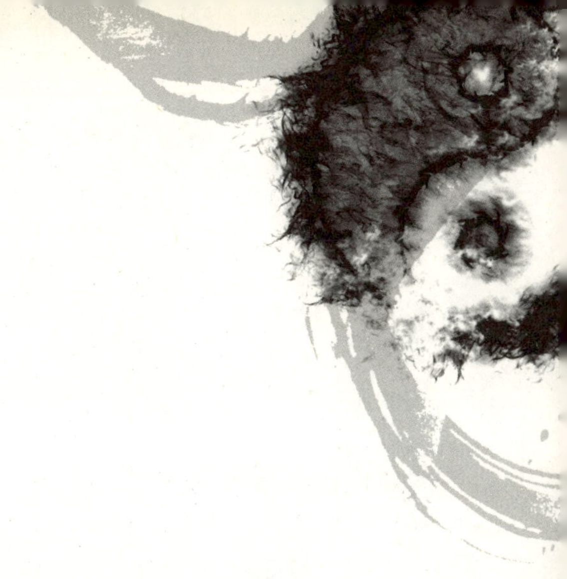

사태천(四太天)의 힘이 극에 달했을 때,
무당의 혼을 짊어진 반골이 깨어나리라.
천하를 좁다 하여 종횡무진하니,
그 누구도 행보를 예측할 수 없음이다.

사태천이 하나둘씩 무너질 때,
강호는 괴협(怪俠)을 괴공(魁公)이라 칭했다.
천하에 필적할 만한 자가 없고, 만인이 무릎을 꿇으니 괴
공이야말로 천하무적(天下無敵)이라.

      —자미대성 괴공진천비(紫薇大星 魁公振天碑).

始

"이번에도…… 전원 불합격입니다."

장로의 말에 장문인은 입술을 부르르 떨었다.

"죄송합니다. 생각보다 천룡학관의 입학시험이 어려웠습니다."

쾅!

장문인은 결국 참지 못하고 탁자를 내리쳤다.

"어려워? 이백 명이 입학하는 시험에서 우리 무당파만 죄다 떨어졌는데 시험이 어려웠다고? 그리고 그 핑계는 작년에도 써먹었잖아!"

"……."

장문인은 죄인처럼 고개를 숙이고 있는 장로들을 보며 억지로 화를 참았다.

"구파칠가의 시대는 갔어. 이제는 천룡학관에 몇 명을 집어넣느냐가 힘의 척도란 말일세. 한데 우리 무당파만 이게 도대체 몇 번째인가?"

장로들은 죄송하다는 말만 연발했다.

'그게 어찌 저들의 탓이겠는가? 무당파의 비전을 잃어버린 우리 모두의 탓이지.'

장문인은 문파의 중심이 아닌가.

자신이 평정심을 잃으면 될 일도 안 될 터였다.

장문인은 억지웃음을 지으며 최대한 부드러운 어조로 물었다.

"그래도 다음 기수에는 가능성이 있겠지?"

"……."

장문인은 꿀 먹은 벙어리처럼 시선을 피하는 장로들을 보며 입매를 꿈틀거렸다.

"그 표정은 뭐야? 설마……."

장로 중 한 명이 용기를 내어 조심스럽게 말했다.

"아마 안 될 겁니다."

第一章
무당의 반골(反骨)

벽성자는 수련관의 총책임자였다.

그는 장문회의가 끝나자마자 집무실로 돌아와, 무사부인 무경자를 불렀다.

"들었나?"

"올해도 다 불합격이라더군요."

벽성자는 인상을 쓰며 말을 이었다.

"크흠! 본 파의 위상이 말이 아니야. 게다가 장문인께서는 천룡학관에 입학을 문파의 최우선 과제로 선정하셨네. 장문인께서 말씀하신 것처럼 우리도 특단의 조치를 취해야 해. 천룡학관에 입학시키려면 수련제자일 때부터 기강을 잡아야지. 안 그런가?”

“옳은 말씀입니다. 제가 더 살피겠습니다.”

평소였다면 여기서 끝났을 대화였다.

하지만 벽성자의 머릿속에는 화난 장문인의 모습이 가득했다.

“벌레 한 마리가 창고를 무너트린다고 했어. 문제아들부터 휘어잡자고. 자네 생각에 수련제자 중에서 가장 문제가 되는 놈이 누구인가?”

무경자는 찰나의 머뭇거림도 없이 말했다.

“적운비라는 녀석입니다.”

“운비, 어디서 들어 본 이름인데?”

무경자가 벽성자의 기억을 도왔다.

“호언장담.”

벽성자는 그제야 탄성을 흘리며 외쳤다.

“아! 입문 시험에서 벽천 대사형을 놀라게 했다는 그놈!”

적운비(赤雲飛)에 관한 일화는 무당파 내에서 꽤 유명했다. 벽천 진인은 장문인의 사형이자, 무당파에서 배분이 가장 높은 도인으로 수련생의 면담을 맡았다.

그는 수련생마다 한 가지 질문을 던졌는데 적운비의 대답이 일품(一品)이었다.

너를 제자로 받아야 할 이유가 있느냐?

무당파를 사태천(四太天) 위에 놓겠습니다.

사태천은 당금 강호의 주인이다.

천하를 동서남북으로 나누어 한 귀퉁이씩 차지한 패주(覇主) 중 하나란 말이다.

무당파에서 그렇게 입학시키려고 하는 천룡학관 역시 사태천 중 한 곳인 천룡맹에서 운영하는 학관이 아니던가.

벽천 진인은 적운비의 배포에 감탄하여, 다른 것은 보지도 않고 입문을 허락했다.

"한데 그 녀석이 문제아라고? 그렇게 안 보였는데…… 지금 어디에 있나?"

무경자의 표정에는 적운비에 대한 불만으로 가득했다.

"청송관에 있습니다."

"청송관? 청송관은 수련관 중에서도 가장 못난 녀석들만 모아 놓은 곳이잖아. 장문 사형조차 관심을 가졌던 녀석을 어째서 청송관에 보낸 건가?"

무경자의 얼굴이 점점 일그러졌다.

"태청관에 배속되고 달포 만에 사고를 쳐서 상청관으로 옮겼습니다. 그러나 한 달도 채 버티지 못하고 상청관에서 쫓겨났지요. 그러니 청송관밖에 갈 곳이 없었습니다. 지금도 각 수련관의 관주들이 적운비라면 아주 학을 뗍니다.”

“⋯⋯.”

“무공을 수련할 때에는 되도 않는 질문으로 분위기를 흐리고, 경전을 공부할 때에는 문사부와 논쟁하기 일쑤입니다. 게다가 관도들을 선동하여 온갖 말썽을 피우니 누가 배겨내겠습니까.”

벽성자는 할 말을 잃었고, 무경자는 그동안의 한을 풀듯이 쉴 새 없이 불만을 토로했다.

“천방지축에 좌충우돌이니 아주 문제아 중에서도 악질입니다.”

잠시 후 벽성자의 표정 역시 무경자를 닮아 갔다. 미꾸라지 한 마리가 연못 전체를 흐린다더니 바로 그 꼴이 아닌가.

벽성자는 수염이 파르르 떨릴 정도로 외쳤다.

“그놈 지금 어디에 있나!”

*　　　*　　　*

적운비(赤雲飛)의 외모는 미추를 떠나서 나이에 어울리지 않는 어른스러움이 보였다. 그건 적운비 앞에 옹기종기 모여 앉은 관도들의 경외심 가득한 표정을 봐도 느낄 수 있었다.

청송관(靑松館)에서 생활한 지 일 년째.

적운비는 청송관의 우두머리가 되었다.

관도들은 먹이를 기다리는 새끼 새처럼 적운비의 입이 열리기를 기다렸다.

하나 적운비는 말 대신 관도들과 시선을 맞췄다.

그런데 관도들 중 누구도 적운비와 오랜 시간 시선을 맞추지 못했다.

장난기 가득한 미소와 달리 눈빛은 별을 담은 것처럼 쉴 새 없이 반짝였기 때문이다.

그러면서도 허리는 꼿꼿이 펴고, 양손은 가부좌를 튼 무릎 위에 놓인 상태였다.

잠시 후, 창밖을 응시하던 적운비의 눈매가 가늘어졌다.

흐릿한 구름이 조금씩 달을 가리고 있었다.

적운비의 입매는 덩달아 진한 미소를 품었다.

"오늘 하루……."

관도들의 눈동자가 적운비를 따라 반짝였다.

불과 일 년 사이에 벌어졌던 수많은 사건을 떠올리니 흥분되면서도 긴장을 감추지 못한 것이다.

"오늘 하루 무당파는 우리의 적이다."

한순간 창고 안에는 정적이 감돌았다.

낡은 책 위를 뛰어다니던 먼지가 가라앉았고, 부서진 상자의 삐걱거림 역시 잦아들었다.

분명 잘못 들은 것은 아닐 터였다.

하지만 귀를 의심하지 않을 수가 없었다.

무엇보다 여기 모인 모든 사람들이 무당파의 수련제자였기 때문이다.

하지만 적운비의 눈동자는 그 어느 때보다 반짝거렸다.

관도들은 적운비의 시선을 마주하지 못했다.

아무리 함께하는 것이 즐겁고, 신 나지만 이건 너무 심하다는 생각이 들었다.

무당파의 수련제자가 무당파를 적으로 삼다니!

생각지도 못했던 일이고, 행여 밖으로 흘러나가기라도 한다면 치도곤을 당해도 할 말이 없을 정도로 위험한 말이었다.

"운비야, 우리는 무당파의 제자잖아. 그런데 왜 무당파를 적으로 삼아야 하는 거야?"

적운비의 말이라면 무조건 찬성하던 소대령조차도 걱정스러운 표정을 지었다.

"하하하!"

그 순간 적운비는 박장대소를 하며 몸을 날렸다.

창고의 입구로 향하더니 문을 활짝 열어 버리는 것이 아닌가.

"헉!"

관도들은 일제히 놀람을 감추지 못했다.

지금은 숙소에 있어야 할 시간이다. 행여 관주나 무사부를 만나기라도 하면 경을 칠 일이 아닌가.

하나 적운비는 오히려 달빛을 온몸으로 받으며 무당산의 정상을 가리켰다.

그곳에는 아직 수련생들이 오르지 못하는 무당파의 본산이 자리하고 있었다.

"무당파의 제자이기에 더욱 적으로 삼아야 하는 것이다!"

적운비의 말에 관도들은 얼떨떨한 표정을 지었다.

왜? 어째서?

하나 적운비는 의구심을 풀어 주는 대신 폭풍처럼 관도들의 정신을 두들겼다.

"들어라! 너희들 중 오늘 저녁을 먹은 자가 있다면 손을 들어라!"

관도들은 일제히 고개를 내저었다.

나뭇가지라도 씹어 먹을 만큼 식욕이 왕성한 나이가 아닌가. 관도들은 불현듯 찾아온 허기에 입맛을 다시거나, 배를 쓰다듬었다.

적운비는 안타까운 표정을 지으며 혀를 찼다.

"자고로 의식주는 하늘이 내리는 것이라 했다. 한데 너희들은 어째서 굶고 있는 것이냐?”

대답은 구석에 앉아 있던 관도에게서 나왔다.

눈이 째지고, 입술은 튀어나왔으니 일견하기에도 불만이 그득해 보였다.

“그거야 네가 우리를 꼬드겨서 만서고의 지붕에 몰래 올라갔기 때문이잖아. 지금 우리는 벌로 저녁을 굶고 있는 거다. 너 때문에!”

적운비는 빙긋 웃으며 손짓을 했다.

“위지혁, 네 말이 옳다. 분명 우리는 하지 말라는 일을 했기 때문에 벌을 받았다. 하지만 이것은 겉으로 드러난 사실에 불과해.”

적운비는 위지혁을 향해 허리를 숙였다.

그러고는 눈을 똑바로 쳐다보며 말했다.

“만서고는 수련생이라면 누구나 출입이 허가된 곳이야. 한데 왜 만서고의 지붕에 올라가면 안 되는 거지? 그리고 도대체 그걸 금지한 사람은 누구지? 생각해 본 적 있어?”

위지혁은 입술을 오물거리다가 슬그머니 시선을 피했다.

알 리가 없지 않은가. 그저 어른들이 하라는 걸 하면 칭찬받고, 하지 말라는 걸 하면 혼나는 것이 당연하지 않은가.

“더 큰 문제가 뭔지 알아?”

“모르는데…….”

적운비의 눈빛에 어려 있던 장난기가 더욱 강렬하게 번뜩였다. 그는 관도들과 시선을 맞춘 채 히죽 웃으며 한 마디를 내뱉었다.

“우리가 만서고에 올라가기 전에는 그런 규칙조차 없었다는 것이야.”

위지혁은 지기 싫은 마음에 생각나는 대로 둘러대기 시작했다.

“그거야 예법과 법도가…….”

적운비가 손가락을 튕기며 위지혁을 쳐다봤다.

“맞아. 중원의 예법과 법도로 인해 그러려니 하고 넘어가야 하는 사안이었다. 한데 나는 너희들에게 묻고 싶다. 여기 모인 우리는 열세네 살의 소년들이다. 이삼 년 후면 관례를 치르고 어른 대접을 받겠지. 그때 너희들은 어떤 사람이 되어 있을 것 같냐?”

관도들은 잠시 생각에 잠겼다. 하지만 떠오르지 않는다.

지금껏 당연하게도 생각해 본 적이 없었기 때문이다.

관도들은 처음과 비교한다면 다른 사람이 된 것처럼 적운비의 말을 경청하기 시작했다.

“남들이 하는 것만 하고, 남들이 하지 않는 것은 하지 않겠지. 지금이나 그때나 결국 남이 정한 틀 안에서만 움직이는 평범한 사람이 된다는 뜻이다. 너희들이 원하는 것이 그런 삶인가?"

관도들은 일제히 고개를 내저었다.

누구나 영웅을 꿈꾸고, 특별한 존재가 되기를 희망하는 나이가 아닌가.

"나는 특별해지고 싶다. 나는 남보다 더 많은 것을 보고, 더 많은 것을 느끼고 싶어. 결코 남이 정한 틀에 머무르지 않고, 나 스스로도 한계를 짓고 싶지 않아."

지금 이 순간 적운비의 말은 관도들의 마음속 깊은 곳에 스며들었다.

적운비는 씁쓸해 보이는 웃음을 지으며 말했다.

"만서고에 올라가니 어떻던?"

관도들은 서로 눈치를 보았다.

잠시 후 소대령이 히죽 웃으며 말했다.

"산 아래가 훤히 보여서 기분이 좋았어."

적운비는 소대령을 칭찬하듯 고개를 끄덕였다.

그러자 다른 관도도 자신의 감상을 얘기했다.

"사방이 숲으로 막힌 곳에서 생활하다가 탁 트인 세상을 마주하니까, 뭐랄까…… 너무 시원하더라."

적운비는 지그시 눈을 감고 그 순간을 떠올리듯 나직이 읊조렸다.

“나는 너희들의 모든 삶이 이렇기를 소망한다.”

관도들은 꿈을 꾸는 듯한 표정으로 고개를 끄덕였다.

“나도! 나도 그렇게 살고 싶어.”

“평범한 건 싫어. 다시 만서고에 올라가고 싶어!”

위지혁은 입을 뻐끔거리며 관도들의 아우성을 지켜봤다.

‘미쳤어. 모두 배가 고파서 미친 거야!’

이제 관도들은 적운비의 일거수일투족을 따라 뜨거운 시선을 보냈다.

“보라!”

적운비가 소매에서 한 장의 종이를 꺼냈다.

관도들은 호기심 가득한 눈으로 점과 선이 그어진 종이를 살폈다.

“이, 이게 뭐야?”

적운비의 입가에 진한 미소가 그려졌다.

“수련관의 관내를 상세히 그린 지도다.”

“오오!”

적운비의 손가락의 지도의 한쪽을 가리켰다.

그러고는 빙빙 돌아 반대쪽에 가서야 멈췄다.

“여기가 지금 우리 위치야. 그리고 여기가 바로 우리의 최종 목적지인 양곡전이다!”

양곡전은 수련관의 식량창고가 아닌가.

관도들은 두근거리는 마음에 침을 꿀꺽 삼켰다.

적운비는 그런 아이들의 어깨를 감싸며 독려했다.

"경비 위치는 물론이고, 은신이 용이한 곳까지 고려한 최단 경로다!"

관도들의 시선은 적운비가 표시해 놓은 최단 경로를 따라 움직였다.

잠시 후 적운비의 눈동자가 반짝거리며 힘 있는 한 마디가 흘러나왔다.

"우리가 오늘 식량창고를 터는 것은 단순하게 배고픔을 참지 못해서가 아니야. 오늘의 일보야말로 자유를 향한 첫걸음이 될 것이다!"

소대령을 필두로 관도들은 일제히 박수를 쳤다.

"와아!"

반면 위지혁의 눈동자는 불안하게 흔들렸다.

'이게 무슨 말도 안 되는 궤변이야!'

하지만 반박할 수가 없었다. 분명 무언가 잘못됐다는 것은 알겠는데, 어디서부터 뭐가 잘못됐는지 도통 감이 오지 않았기 때문이다.

오히려 생각하면 생각할수록 머릿속이 어지럽기만 했다.

그 역시 저녁을 굶은 것은 매한가지였다.

"배고파서인가?"

적운비의 선동에 관도들은 일제히 눈을 부라리며 고개를 내저었다.

"아니야! 내 미래가 걸린 일이야!"

"배고프지 않아!"

적운비의 말에는 고저가 있어서 힘이 느껴졌고, 몸짓에는 시선을 사로잡는 묘한 분위기가 있었다.

적운비는 양 허리에 손을 얹고 당당하게 말했다.

"그럼 자유롭고 싶은가?"

관도들이 일제히 일어나며 손을 들었다.

"자유롭고 싶어!"

"얽매이지 않겠어!"

어느새 위지혁조차 관도들 틈에서 자유를 부르짖고 있었다.

적운비는 그 모습을 보며 고개를 끄덕였다.

"좋아! 당당하게 외치는 거다!"

그러고는 소매 안에서 검은 천을 꺼내어 나눠 줬다. 위지혁이 검은 천을 받아 들고는 고개를 갸웃거리며 물었다.

"이게 뭐야?"

적운비의 장난기 가득한 미소가 흘러나왔다.

"복면!"

　　　　　*　　　*　　　*

달빛이 화려하게 너울거리는 공터.

관도들이 일렬로 무릎을 꿇고 있었다. 공통점이라면 제각기 검은 복면을 쥐고 있는 점이리라.

무경자는 소매를 걷은 채 우람한 팔뚝을 자랑하고 있었다. 그리고 팔뚝에 어울릴 만큼 굵은 몽둥이를 쥔 채로 관도들 앞을 오가며 위화감을 조성했다.

"또 청송관이냐?"

관도들은 한마음 한뜻으로 소리쳤다.

"죄송합니다!"

하지만 무경자는 냉정했다.

"나와."

짧고, 굵은 한 마디에 소대령은 울상을 지었다.

퍽! 퍽! 퍽!

몽둥이가 춤을 출 때마다 엄청난 고통이 허벅지를 타고 올라왔다. 냉혹한 몽둥이는 정해진 횟수를 채우기 전까지는 결코 멈추지 않았다.

"다음!"

열 번의 춤사위가 끝나고 터져 나온 외침.

소대령은 손이 보이지 않을 정도로 빠르게 허벅지를 쓰

다듬었다. 그러면서도 끙끙 앓는 소리를 내며 무릎걸음으로 물러섰다.

하지만 소대령의 표정은 악마에게서 풀려난 것처럼 안도하는 기색이 역력했다.

"무, 무경 사숙."

다음 관도는 평소 무경자와 안면이 있는지 최대한 불쌍한 표정을 지었다.

하지만 괜히 철웅(鐵雄)이라는 별호가 붙은 게 아니다. 그의 부리부리한 눈빛에서 자비를 찾기란 요원한 일이었다.

"이놈! 당장 엎드리지 못하겠느냐. 낮에 사고를 쳤으면 최소한 하루는 반성을 해야지! 내가 우스워 보이더냐? 이래서야 한 놈이라도 천룡학관에 갈 수 있겠느냐? 천룡학관만 보고 밤낮으로 수련해야 할 녀석들이 참 잘하는 짓이다!"

무경자의 팔뚝에서 힘줄이 꿈틀거리는 것을 본 관도는 황급히 손사래를 쳤다.

"무경 사숙, 아닙니다. 아니에요. 제가 주도한 것이 아니라 사실은…… 으악!"

"이 꽉 물어라! 혀 깨문다. 이놈아!"

무경자의 근육이 꿈틀거릴 때마다 몽둥이가 신명나게 춤

을 쳤다.

퍽! 퍽! 퍽!

어째 평소보다 힘이 더욱 들어간 느낌이었다.

잠시 후 소년들은 하나둘씩 땅바닥을 나뒹굴었다.

무경자는 거친 숨을 몰아쉬며 붉어진 얼굴로 소리쳤다.

“무당파의 제자가 무당파의 식량창고를 털러 왔다고? 내가 무당파 생활 삼십 년 동안 이런 말도 안 되는 일은 처음 겪는다!”

무경자가 입매를 파르르 떨었다.

더 혼쭐을 내야 할지 고민하는 것이리라.

“무당파는 사고치는 제자를 원하지 않아. 천룡학관에 들어갈 만큼 똑똑하고, 강한 녀석을 원한단 말이다. 그런데 너희들이…….”

관도들은 고개를 숙인 채 무경자의 말을 귓등으로 흘렸다. 말끝마다 천룡학관을 부르짖는 게 어디 하루 이틀이던가.

소대령이 두툼한 허벅지를 주무르며 위지혁을 향해 조심스럽게 말했다.

“헤헤, 그래도 운비가 걸리지 않아서 다행이다. 그치?”

“뭐어?”

눈물콧물로 범벅이 된 위지혁이 오만상을 지었다. 무경

자에게 아는 척을 하다가 더 심하게 몽둥이찜질을 당한 탓
이다.

"운비 때문에 이 모양, 이 꼴이 됐는데 그 녀석 걱정을
하냐?"

소대령은 고개를 갸웃거렸다.

"우리의 자유를 위해서였잖아. 그런데 왜 운비 탓이야?"

위지혁은 답답함을 이기지 못하고 가슴팍을 두드렸다.

"아우! 이 미련 곰탱이. 내가 너랑 무슨 말을 하겠냐? 관
두자. 관둬."

그러고는 하늘을 향해 울상을 지었다.

"아, 내가 홀려도 단단히 홀렸지. 왜 그놈 말을 들었을
까?"

적운비에 대한 원망이 극에 이를 때였다.

식량창고에서 한 청년이 뛰쳐나왔다.

"사형, 사형."

무경자는 미간을 찡그리며 말했다.

"지금 아이들을 훈계하는 중이다. 경내에서는 뛰지 말라
고 몇 번이나 얘기해야 하느냐?"

"그게 아니라……."

당황스러운 청년의 표정에 무경자는 눈을 가늘게 뜨며
물었다.

“양곡전에 무슨 일이 있더냐?”

청년은 난감한 표정으로 말했다.

“본산에 올리려던 최상급 육포가…….”

무경자의 인상이 일그러졌다.

“뭐시라?”

청년은 고개를 떨궜다.

“털렸습니다.”

무경자는 수염이 파르르 떨릴 정도로 분노했다.

반면 관도들은 고개를 숙인 채 소리 없이 반짝이는 시선을 교환했다. 소대령 또한 환하게 웃으며 위지혁을 향해 조용히 속삭였다.

“우리의 거사는 결코 무의미하지 않았어! 운비가 성공했다구. 헤헷.”

위지혁은 솟구치는 짜증을 이기지 못하고 소대령을 윽박질렀다.

“으이구! 좋기도 하겠다. 이 멍청한 놈아.”

그 순간 무경자의 일갈이 터져 나왔다.

“방금 떠든 놈, 나와!”

第二章

깨어 있는 소년

언제부터였을까?

놈의 화술에 놀아난 것이…….

답이 금방 나왔다.

위지혁은 미간을 찡그렸다.

'크흑! 처음 만났을 때부터 마음에 안 들었어!'

세상 모든 것을 내려다보는 듯한 시선과 자신감으로 똘똘 뭉친 미소가 떠올랐다.

위지혁의 찡그림은 더욱 심해졌다.

'쳇! 도대체 제가 뭐라고!'

자신은 호북십대상단에 꼽히는 운해상단주의 장남이다.

수십 명의 하인들이 자신에게 고개를 숙이고, 수십 명의 장사치들이 자신을 향해 호의를 보인다.

심지어 아비의 고집 때문에 강제로 입문했을 때에도 마찬가지였다.

위지혁은 자연스럽게 동기들의 대장이 되었다.

그만큼 운해상단의 이름값은 낮지 않았다.

억지로 들어온 무당파였지만, 대장 노릇을 하다 보니 이것도 나름 즐길 거리가 많았다.

한데 단 한 명!

적운비만은 위지혁을 인정하지 않았다.

오히려 어린아이 취급하지 않았던가.

태청관에서 사고치고, 상청관에서 쫓겨난 놈.

처음 볼 때부터 마음에 들지 않았다.

그래서 놈을 괴롭히기로 했다.

자신에게 간이고, 쓸개고 빼줄 것 같던 녀석들을 보냈다.

하룻밤만 지나면 잔뜩 주눅이 든 적운비를 볼 거라는 생각에 얼마나 즐거웠던가.

한데 적운비는 멀쩡했다.

이튿날도, 그 이튿날도 멀쩡했다.

오히려 건방진 미소만 더욱 짙어질 뿐이다.

게다가 혼내주라고 보낸 놈은 사랑에 빠진 것처럼 적운

비의 뒤를 졸졸 따라다니고 있는 게 아닌가.

'쳇!'

위지혁은 엉덩이와 허벅지를 주무르며 걷고 있는 관도들을 노려봤다.

모두 적운비를 혼내주라고 보냈던 녀석들이다.

'아, 진짜 믿을 놈 없더라.'

위지혁은 결국 자신이 직접 나섰던 그날을 떠올렸다. 한데 그 순간 허벅지의 고통보다 적운비로 인한 짜증이 마음속 깊은 곳에서 솟구쳤다.

'도대체 어떻게 구워삶은 거지?'

위지혁이 기억하는 것은 길을 걷는 적운비의 앞을 막아섰던 순간뿐이었다.

반짝이는 눈동자를 마주하고, 말 몇 마디를 섞은 후에는 도통 기억이 나지 않았다.

뒤늦게 정신을 차렸을 때에 자신은 적운비와 어깨동무를 한 채 양손에 당과를 들고 있었다.

'젠장! 그중 하나는 저놈 거였어.'

당과가 어디서 났겠는가?

무당산 아래에서 사온 것이다. 결국 위지혁은 무단이탈을 한 죄로 엉덩이를 맞아야 했고, 무사부들의 불량 문도 명단에 당당히 이름을 올렸다.

'에휴, 아버지가 아시면 맞아 죽을 텐데…….'

위지혁이 예전의 일을 떠올리며 투덜거릴 때 그의 등을 미는 손길이 있었다.

"혁아, 빨리 가자."

고개를 돌리니 순박하게 웃으며 헤실거리는 소대령이 보였다. 이 곰 같은 녀석은 방금 전에 당한 몽둥이찜질이 아무렇지도 않은 듯 속없이 웃고 있지 않은가.

위지혁은 잠시 소대령을 노려봤다.

돌이켜 생각해 보니 적운비에게 가장 먼저 달라붙은 게 바로 이놈이었다. 바보처럼 웃는 척하면서 가장 먼저 권력의 냄새를 맡은 게 아닐까 하는 생각이 든다.

'설마 이놈…… 생각보다 대단한 놈이 아닐까?'

그 순간 소대령이 코를 훌쩍거리더니 누런 콧물을 소매로 쓰윽 훔치는 것이 아닌가.

"헤에, 더러워졌네."

위지혁은 소대령의 다음 행동에 눈을 휘둥그레 떴다. 소대령은 갑자기 소매에 묻은 콧물을 바지에 닦는 것이 아닌가. 그러고는 깨끗해졌다고 헤죽거린다.

위지혁은 어색하게 웃으며 뒷걸음질 쳤다.

'바보다. 뇌가 지방으로 뒤덮인 바보야!'

그 순간 소대령이 흙과 콧물로 범벅이 된 손을 내밀었다.

"가자. 운비가 기다리고 있을 거야."

"히익!"

위지혁은 펄쩍 뛰며 손사래를 쳤다.

"손대지 마! 그리고 운비가 우리를 왜 기다려? 어디선가 혼자 육포나 처먹고 있겠지."

"그게 무슨 소리야?"

소대령뿐 아니라 관도들 전부 불신의 눈빛으로 위지혁을 쳐다봤다.

사태천 중 북부의 지배자인 혈마교에서는 교도들을 세뇌하여 수족처럼 부린다고 하더라.

그것을 떠올린 위지혁은 적운비를 신성시하는 관도들을 보며 헛웃음을 흘렸다.

'하아…… 이 녀석들은 이미 글렀어.'

하나 관도들의 눈빛이 심상치 않으니 수습은 해야 했다.

"아니야. 아니라고 치자."

소대령은 그제야 히죽거리며 말했다.

"어서 가자. 운비가 기다려."

위지혁은 소대령을 따라 걸음을 옮기다가 흠칫하며 멈춰섰다. 그러고는 입술을 삐죽이며 말했다.

"나한테 명령하지 마. 이 곰탱아."

하지만 소대령은 위지혁의 말을 무시한 채 관도들과 키

득거릴 뿐이었다.

"오늘 운비 때문에 너무 재밌지 않았냐?"

"맞아. 나 홍문당 지날 때 걸릴까봐 오줌 쌀 뻔했어. 완전 긴장되더라. 운비가 앞에 없었으면 뒤도 안 돌아보고 도망쳤을 거야."

"대령이가 덩치가 너무 커서 그래. 대령이 때문에 운비가 알려 준 숲 속에 다 못 숨었잖아. 하하."

"헤헤, 미안."

"그래도 양곡전 문만 잘 열었으면 진짜 대박인데! 아깝다."

위지혁은 관도들의 대화에 무거운 숨을 토해 냈다.

"하아, 이놈이나, 저놈이나 죄다 적운비, 적운비!"

하나 이번에도 소대령을 비롯한 아이들은 제멋대로 청송관을 향해 달려갔다.

"야! 내 말 안 들리냐? 어차피 달려가 봤자 별다를 것도 없어."

양곡전에서 육포를 가져왔어도 많아야 한 꾸러미일 것이다. 그것으로 십수 명의 허기를 어떻게 채운단 말인가. 오히려 입맛만 버릴 수도 있었다.

"이것들이 나를 뭐로 보고!"

한데 홀로 남으니 왠지 모르게 외롭다.

결국 위지혁은 친우들을 따라 달리며 소리쳐야 했다.

"가, 같이 가자."

※　　　※　　　※

청송관에 들어와서 가장 먼저 본 것은 적운비의 뒷모습이었다. 적운비는 창틀에 상체를 기대고, 창밖으로 보이는 무당파의 본산을 쳐다봤다.

"……."

우르르 몰려들던 관도들은 일제히 멈춰 섰다.

당장이라도 적운비의 등에서 날개가 솟아나 본산으로 날아갈 것만 같은 기이한 느낌에 사로잡힌 것이다.

적운비가 소란스러움에 몸을 돌렸다.

관도들은 적운비의 얼굴을 보고 나서야 마음을 놓을 수 있었다. 반짝이는 눈동자와 장난기 가득한 미소가 여전했기 때문이다.

"모두 고생했어."

적운비가 빙긋 웃으며 한 걸음 비켜섰다.

그 순간 관도들은 눈을 휘둥그레 뜨며 입을 다물지 못했다.

탁자 위에는 한 아름은 족히 될법한 육포 꾸러미가 놓여 있었다.

"와아!"

위지혁은 탁자에 놓인 육포를 보고 눈을 휘둥그레 떴다. 일견하기에도 열 꾸러미는 되어 보일 만큼 풍족한 양이었다.

"서, 설마 이걸 다 가지고 온 거야?"

적운비는 어깨를 으쓱거리며 말했다.

"하하하, 당연하지. 한 꾸러미 가지고 어디 배나 채우겠냐?"

위지혁은 미간을 찡그렸다.

'배고파서가 아니라 자유를 위해서라며!'

한데 소대령이 찜찜한 표정을 지으며 말했다.

"운비야, 그런데 너무 많이 가져온 거 아닐까?"

관도들의 마음도 다르지 않았나 보다. 입맛을 다셨을 때와는 달리 쉬이 접근하지 않았다.

"그래, 가뜩이나 우리 벌점도 많잖아. 이러다가 진짜 천룡학관에 시험도 못 볼 거야."

소대령은 걱정스런 어투로 말했다.

"운비야. 넌 벌점이 너무 많아. 우리 중에서 네가 그래도 가장 가능성이 있는데……."

하지만 적운비는 창틀에 걸터앉으며 웃었다.

"천룡학관은 나쁘지 않아. 기회가 되면 한 번쯤 가볼 만한 곳이야. 하지만 천룡학관의 입학이 우리 삶의 목표가 되면 너무 씁쓸하지 않냐?"

위지혁이 퉁명스럽게 받아쳤다.

"또 무슨 소리를 하려는 거야?"

적운비는 히죽 웃으며 육포를 가리켰다.

"아니야. 배고프다! 먹자!"

하나 관도들은 육포를 향해 달려드는 대신 적운비를 재촉했다.

"그게 무슨 얘기야? 듣고 싶다."

적운비는 잠시 망설이다가 창틀에 걸터앉았다.

"모두가 천룡학관을 우상시하지만, 정작 입학한다고 해서 달라지는 것은 없어. 어차피 인맥을 쌓기 위한 사조직에 불과하잖아. 물론 천룡맹은 그걸 의도했겠지만 말이야."

평소에 생각지 않았던 부분의 설명이다.

"천룡학관이 아니더라도 꿈을 펼칠 수 있는 길은 많아. 오히려 천룡학관에 목을 매느라 자신의 적성을 찾지 못하고, 억지로 끌려가는 건 아닌지 생각해 보라고."

위지혁이 입술을 삐죽이며 말했다.

"지금도 태청, 상청, 옥청에서는 천룡학관에 들어가려고 환장을 한단다. 그런데 우리는 적성이나 찾고 있자고?"

적운비는 혀를 끌끌 차며 말을 이었다.

"넌 만서고에 올라간 것도, 양곡전을 턴 것도 아무런 의미가 없구나."

"뭐, 뭐라고?"

적운비는 빙긋 웃으며 육포 꾸러미를 끌렀다.

진한 육향과 함께 당장이라도 육즙이 흘러내릴 것만 같은 최상급 육포가 모습을 드러냈다.

적운비는 담담한 어조로 말을 이었다.

"이것 때문에 일어날 일에 대한 모든 책임은 내가 진다."

사실 육포를 직접 가져온 것은 적운비가 아닌가.

그렇기에 책임을 지겠다는 말은 관도들의 경계심을 상당 부분 허술하게 만들었다.

관도들이 달려들려는 순간 적운비의 단호한 목소리가 들렸다.

"다만 한 가지만 명심해. 이 육포를 먹고 단순히 배를 채운다고 생각하지 마라. 앞으로 우리가 죽을 때까지 무당파의 양곡전을 터는 일은 없을 거야. 그러니 현실에서 벗어나기를 꿈꿨던 오늘의 일탈은 잊지 말자. 그게 내가 너희들에게 바라는 단 하나다!"

소대령이 육포를 우물거리며 물었다.

"우리 괜찮은 거겠지?"

적운비의 얼굴에 다시 장난기가 드리워졌다. 그는 육포를 물어뜯으며 키득거렸다.

"안 될 게 뭐있어. 예법과 전통은 나쁜 게 아니야. 단지 우리 나이에는 좀 어겨도 돼. 그게 바로 우리 나이의 특별함이라는 거다!"

적운비는 관도들을 향해 손짓했다.

"먹자!"

관도들은 그제야 입맛을 다시며 달려들었다.

"크하! 육포가 이런 맛이었나?"

"와아! 진짜 맛있다."

한데 관도들이 식신처럼 육포를 향해 달려들 때 유일하게 넋을 놓고 있는 사람이 있었다.

위지혁이다.

그는 적운비를 쳐다보며 말을 잇지 못했다.

'너……'

자신이랑 동갑이거늘 좌중을 휘어잡는 화술과 상식을 파괴하는 깨우침을 뭐라고 설명해야 하는가.

이건 단지 어른스럽거나, 똑똑하다는 말로 설명할 수 없는 종류의 것이다.

마치 자신과는 다른 세상을 사는 사람 같았다.

그리고 보면 이미 진즉에 눈치챘어야 했다.

적운비는 무당산에 처음 올랐을 때부터 거침이 없었다. 하고 싶은 일은 부지기수였고, 호기심도 때와 장소를 가리지 않았다.

자신도 악동이라 불렸었지만, 적운비는 정말 거칠 것이 없는 것처럼 무당파를 뒤흔들었다.

염라대왕처럼 무서운 일대제자에게도, 하늘같은 장로들 앞에서도 결코 두려워하거나, 주눅 들지 않았다.

애초에 생각 자체가 자신들과는 달랐던 것이다.

무당파에 대한 존경심과 두려움은 어린 제자들에게 태산처럼 무겁게 다가온다. 그것은 전통과 관례의 무게였고, 제자들을 수동적으로만 행동하게 만들었다.

하지만 적운비는 그것을 비틀어 버렸다.

무당파를 존경하는 만큼 알아야 했고, 두려운 만큼 말해야 한다고 했다.

너희들도 나처럼 해야 한다고 끊임없이 주장했다.

사실 적운비가 뜬금없이 양곡전을 털자고 했으면 아무도 따라나서지 않았을 것이다.

하지만 근 일 년에 걸쳐 적운비는 수많은 사건과 사고를 일으켰고, 그만큼 많은 벌을 받았다.

관도들도 조금씩 적운비를 따라 움직였다.

그 결과가 오늘이다.

해서는 안 되는 걸 알지만, 하고 싶었다.

그렇기에 적운비가 못마땅하면서도 따라나섰다.

그 과정은 솔직히 말해서 너무도 긴장되고, 두근거려서 몇 날 며칠 동안 잠을 이루지 못할 정도로 즐거웠다.

한데 녀석이 육포를 미끼로 말한다.

현실에 안주하지 않았던 오늘의 일탈을 잊지 말자고 말이다.

위지혁은 그 말을 듣는 순간 쇠망치가 뒤통수를 후려치는 듯한 충격을 받았다.

'내 얘기인가?'

금 수저를 물고 태어난 탓에 호의호식하며 어려움 없이 살았다. 절박함이나 인내심은 자신과 상관이 없는 단어였다. 그냥 하고 싶은 것만 하면서 하루하루를 보내면 되었던 삶이다.

그것은 무당파에 입문할 때까지 계속됐다.

어차피 본산의 정식제자가 될 생각은 없었다.

적당히 친분도 쌓고, 수련도 하다가 속가제자로 하산할 생각이었다. 그렇게 아버지가 정해 준 여인과 혼인을 하고, 사업을 물려받고, 자식을 낳으면서 늙어 가면 된다고 생각했다.

'그래도 되는 걸까?'

찝찝하다. 짜증도 난다.

왜 저 녀석한테 이런 기분을 느껴야 하는 거지?

그 순간 위지혁과 적운비의 시선이 마주쳤다.

'그만 봐!'

*　　　*　　　*

청송관의 관도들은 몰랐지만, 이 모든 것을 지켜보는 사람이 있었다.

무경자와 선한 인상의 청년이다.

"저, 저 녀석들 하는 짓을 보게. 내가 적운비 저놈이 주도했을 줄 알았지. 내 오늘은 그냥 넘어가지 않을 것이야!"

무경자는 당장이라도 달려가서 호통을 칠 기세였다. 한데 옆에서 가만히 지켜보고 있던 청년이 무경자의 소매를 잡았다.

"사형, 그냥 두시지요."

무경자는 청년을 보고 미간을 찡그렸다.

본래 청년은 어린 시절 기재로 불리며 무당파를 널리 알릴 것이라는 기대를 받았다.

한데 지금 청년의 모습은 실망스럽기 그지없었다. 총기가 사라진 눈동자는 흐릿했고, 속없는 사람처럼 입가에 웃음이 가득했다.

그렇기에 본산의 중요한 업무가 아닌 수련제자들의 뒤치다꺼리를 하는 청송관의 관주가 되었다.

"학인아, 너는 저걸 보고도 내게 참으라고 말하는 것이냐? 평소 네가 얼마나 얕보였으면 저놈들이 이렇듯 사고를 치고 다니겠느냐!"

이학인은 무경자의 호통에도 웃음을 잃지 않았다.

"저 나이 때는 사고 좀 쳐도 되지 않겠습니까."

무경자는 한순간 말을 잃었다가 이내 으르렁거리듯이 말을 이었다.

"저 녀석들이 무엇을 했는지 보란 말이다. 이런 버르장머리 없는 녀석들! 내가 가만두지 않을 것이야."

이학인은 조곤조곤하게 말했다.

"청송관은 사대수련관 중에서 가장 성취가 떨어지는 아이들이 모인 곳입니다."

"그렇지. 태청, 상청, 옥청의 진도를 따라가지 못하니 따로 관리할 수밖에."

이학인이 씁쓸한 표정으로 말을 이었다.

"진정 그렇게 생각하십니까? 이제 고작 해야 열두어 살정도 된 아이들입니다. 재능을 보인다고 해 보았자 거기서 거기란 말입니다. 각자 잘할 수 있는 일이 있지 않을까요?"

“흥! 속 편한 소리. 잘하는 놈은 어디서 뭘 하든 잘하게 되어 있네!”

무경자의 단호한 말에 이학인의 표정은 더욱 어두워졌다.

“잘하는 기준이 도대체 뭐랍니까? 저 아이들은 누구보다 무당을 좋아하고, 열심히 수련을 합니다. 저 아이들은 단지…….”

이학인이 말꼬리를 흐렸다.

“단지 뭐?”

“주눅이 들었을 뿐입니다. 첫걸음을 잘못 떼었다고 구박받고, 차별을 느끼니 소심해지고, 그래서 결국 주눅이 들어버립니다. 눈치만 보면서 혼나지 않으려 하고, 자율적으로 행하기보다는 시키는 것만 어떻게 해서든 마무리 지으려 합니다.”

“크흠!”

무경자는 헛기침을 하며 시선을 피했다.

강호가 사태천으로 대변되는 약육강식의 세상으로 재편되면서 무당파는 예전의 명성을 잃었다.

조금이라도 빨리 문파의 명성을 되찾아야 했고, 그러기 위해서 제자들을 혹독하게 가르쳤다.

무당파의 부흥이라는 대의명분!

그것이 있기에 사소한 것은 무시할 수 있었다.

엄밀히 따져서 현재 무당파는 수련제자를 한 명씩 따로 챙길 여력이 전무했다.

오직 천룡학관 입학에 문파의 힘을 집중한 상태였다.

이학인은 육포를 더 먹겠다고 투닥거리는 관도들을 보며 미소를 머금었다.

"저 아이들은 달라지고 있습니다. 다시 활발해졌고, 새로운 것을 두려워하지 않습니다. 운비, 저 아이가 관도들을 바꾸고 있습니다."

무경자는 적운비가 거론되는 순간 꼬투리를 잡았다.

"흥! 설마 저놈이 그것을 의도하기라도 했다는 건가? 그럴 리가 없지 않은가."

"……."

"저놈이 문제야. 어린놈이 되바라져서 반골 기질이 농후해. 문파의 법도나 권위 따위는 우습게 여기고, 반항하는 것이 멋진 줄 아는 헛똑똑이!"

이학인의 표정이 잠시 굳었다.

하나 의외로 순순히 고개를 끄덕였다.

"반골이라. 그럴 수도 있지요. 저 녀석은 평범하지 않아요. 그것을 반골이라 칭한다면 녀석은 반골입니다."

무경자가 한층 당당하게 말했다.

"그렇다면 문파의 어른인 우리가 녀석을 뜯어고쳐야 하지 않겠는가. 향후 본 파에 큰 죄를 짓거나, 사고를 칠 수도 있는 노릇이야. 바늘 도둑이 소도둑 된다는 말도 있지 않은가. 저런 놈을 떡하니 천룡학관에 집어넣으면 본 파의 위상도 달라질 테지!"

이학인은 무경자의 말에 옅은 미소를 지었다.

무경자는 외문기공을 익힌 사람답게 성격이 직설적이고, 급했다.

그렇기에 그가 청송관으로 뛰어들기 전에 황급히 말을 이었다.

"지금과 같은 난세라면 오히려 운비와 같은 아이가 더욱 두각을 드러내지 않을까요?"

"난세라니? 무당파가 쇠락한 것은 사실이나, 강호는 사태천(四太天)으로 인해 안정되지 않았는가."

이학인은 잠시 밤하늘을 쳐다보며 생각에 잠겼다.

"협의지심보다 강자존이 우선시되고, 꿈과 낭만 대신 현실을 직시해야 하는 세상입니다. 강호가 강호답지 않으니 지금이 난세(亂世)가 아니고 무엇이겠습니까?"

"그, 그런가? 글쎄, 나는 생각해 본 적이 없어서……."

"반골이 무조건 나쁘지는 않을 겁니다."

이학인은 말을 이을수록 꿈을 꾸는 듯 몽롱한 표정을 지었다.

"운비는 옳고 그름을 떠나 권위와 전통, 관습을 무조건 따르지 않습니다. 스스로 고민하고, 살피며 자신만의 방식을 찾으려 하지요. 그로 인해 더 나은 길에 이를 수 있게 된다면 이것을 단순하게 반골이라 부를 수 있을까요?"

인정받던 무공을 버리고, 잡학 취급 받는 천문(天文)과 역학(易學)에 심취했던 이학인이 아닌가.

무경자처럼 수련만 했던 도인에게 이학인과의 대화는 너무도 난해했다.

"허험, 나는 네가 무슨 말을 하려는 건지 도통 알 수가 없구나."

이학인은 무경자의 투덜거림에도 천천히 말을 이었다.

"좋지 않습니까? 지금까지 없던 녀석이라면 지금까지 없었던 무언가를 이뤄낼지도 모르니까요."

"그런 막연한 희망은 사치라네!"

"한 명, 한 명 정도는 그래도 되지 않을까요? 아무리 무당파의 상황이 어려워도 한 명 정도의 투정은 받아 줄 여력이 있을 것이라 믿습니다."

무경자는 미간을 찡그리며 못마땅한 기색을 드러냈다.

"너를 말로 이길 생각은 없다. 어쨌든 이번 일은 그냥 무마할 수 없구나. 너도 어느 정도는 책임을 져야 할 것이야."

무경자의 말에 이학인은 고개를 숙여 감사를 표했다.

"못난 사제의 부탁을 들어주셔서 감사합니다."

"되었다. 나는 너를 싫어하지 않아. 하나 착한 사람이 복을 받는 세상이 아니야. 어찌 보면 네 말처럼 난세가 맞을 수도 있겠지. 그러면 더욱더 속 편하게 지내서는 안 되는 거다."

"죄송합니다."

"그만 가련다. 어차피 청송관 녀석들에게 천룡학관은 뜬구름 잡기나 마찬가지, 차라리 이 시간에 태청과 상청의 관도들을 독려하는 게 낫겠구먼."

이학인은 대답 대신 미소로 화답했다.

"살펴 가십시오."

이학인은 무경자를 배웅하고 청송관을 쳐다봤다.

야심한 시각임에도 관도들이 우르르 몰려 나왔기 때문이다.

한데 녀석들은 제각기 목검을 쥐고 있었다.

이학인은 그 모습에 자신도 모르게 피식 웃어 버렸다. 하루 종일 뛰어놀았으니 오늘은 그냥 잘 줄 알았다. 한데 늘 그렇듯 자기들끼리 야간 수련을 하러 나선 것이 아닌가.

"어!"

“과, 관주님.”

관도들은 갑자기 소매로 입술을 닦거나, 고개를 떨궜다. 녀석들이 어떤 재능을 가지고 있는지는 몰라도 최소한 연기에 대한 재능을 아닐 것이다.

“늦었는데 어디 가느냐?”

이학인은 짐짓 모르는 척 되물었다.

“그냥 저희들끼리 조금 더 수련을 하려고요.”

이학인은 고개를 끄덕였다.

“내일도 오전 수련이 있으니 무리하지 말고, 일찍 들어오너라.”

“예, 그리하겠습니다.”

“알겠습니다.”

관도들은 이학인의 시선을 피해 도망치듯이 한쪽 공터로 몰려갔다.

잠시 후 청송관의 불이 꺼지며 적운비가 나섰다.

창문을 닫고, 문단속을 한 그는 뒤늦게 이학인을 발견하고도 놀라지 않았다.

“관주님.”

이학인은 자신을 향해 꾸벅 인사를 하는 적운비를 보며 물었다.

“녀석, 오늘도 사고를 쳤더구나.”

적운비는 헤죽 웃으며 뒤통수를 긁적였다.

"지금이 아니면 언제 또 하겠습니까? 하하하."

이학인은 넉살좋은 적운비의 모습에 웃음을 보였다.

"그래, 그것도 그렇구나. 어서 가 보거라. 애들이 마냥 너만 기다리고 있지 않느냐."

적운비는 공터로 향하던 중 갑자기 멈춰 섰다.

그러고는 목검을 쥔 채로 포권을 하며 나직이 말했다.

"청송관의 관주로 있어 주셔서 너무 감사합니다."

나이에 어울리지 않는 언행.

자신이 보지 못하는 것을 보고 있는 듯한 눈빛.

무한한 가능성을 품고 있는 표정.

적운비의 한 마디는 단순히 감사함을 논하기에는 너무도 깊고, 진하다.

이학인의 눈빛이 한순간 번뜩였으나, 이내 평소와 다름 없는 말투로 말했다.

"녀석! 만만하다는 뜻이렷다?"

적운비는 눈을 동그랗게 뜨고 도리질을 쳤다.

"전혀요!"

"녀석, 어서 가거라."

이학인의 미소는 적운비가 멀어질수록 조금씩 사그라졌다. 저렇게 뛰어가는 뒷모습은 또래의 아이들과 조금도 다름이 없다.

　'평범한 그 나이 때의 악동에서 끝날 것이냐?'

　이학인은 고개를 들어 밤하늘을 응시했다.

　그는 언제부터인가 조금씩 빛을 더하고 있는 하나의 신성(新星)에서 눈을 떼지 못했다.

　'아니면 세상을 변화시키는 선각자로 오래도록 기억될 것이냐?'

第三章
반골의 수련 방법

"아! 높기도 하다. 진짜 등선할 것 같네."

적운비는 피식 웃으며 허리를 폈다.

등선로(登仙路)라는 이름처럼 계단은 끝없이 펼쳐져 있었다. 구름에 닿을 정도로 높다란 계단을 보고 있으니 정신이 아득해진다.

적운비는 고개를 내저으며 정신을 차린 후 다시 비질을 시작했다.

"그래도 생각했던 것보다는 약하네."

양곡전의 일로 적운비는 반년간 등선로를 청소하고, 사대관의 뒷간을 책임져야 했다.

반년이라는 시간은 결코 짧지 않다.

하지만 이러한 벌은 오히려 관대한 편이었다.

어차피 사대관의 관도들은 무당파의 정식제자가 아니라 수련제자가 아닌가. 그렇기에 자칫 잘못하면 내쫓길 수도 있는 일이었다.

'관주님 덕인가?'

적운비는 몸은 힘들지언정 편한 마음으로 계단을 오르며 비질을 했다.

평소보다 일찍 일어나 계단을 오르니 몸과 마음이 동시에 건강해지는 기분이었다.

한데 등선로의 절반 정도를 청소했을 때였다.

저 밑에서 소대령이 뒤뚱거리며 계단을 오르고 있는 것이 아닌가.

"대령아. 네가 웬일이야?"

적운비의 부름에 소대령은 땀을 뻘뻘 흘리면서도 뭐가 그리 좋은지 헤죽거렸다.

"헉헉, 아침, 아침 안 먹었잖아."

"끝나고 먹어도 되는데 힘들게 뭐하러 오냐."

"우리 때문에 벌 받는 거잖아. 그런데 내가 너무 느려서 다 식어 버렸어. 미안해."

적운비는 소대령의 어깨를 다독이며 웃었다.

“미안하긴, 엄청 배고팠는데 잘됐다.”

소대령은 대나무 잎으로 감싼 만두와 주먹밥을 건넸다. 적운비는 벌써 차갑게 식은 음식이었지만, 빙긋 웃으며 맛 있게 먹었다.

“내일도 올 거야. 그리고 애들이 번갈아 가면서 도와주 기로 했어.”

적운비는 처음 보았을 때와는 전혀 달라진 소대령과 관 도들을 떠올리며 빙긋 웃었다.

“그래, 고맙다.”

적운비가 물을 마시는 사이 소대령은 등선로를 구경했 다. 등선로는 무당산 중턱에 길게 늘어진 계단으로 끝에는 무당파의 본산이 존재했다.

무당파의 정식제자에게만 허락된 진짜 문파의 입구인 것 이다.

“하아…… 진짜 높다. 나도 올라갈 수 있을까?”

소대령의 눈동자에는 동경의 빛이 가득했다.

그때 적운비의 장난기 섞인 한 마디가 귓가에 스며들었 다.

“만두를 따뜻하게 가져올 정도면 들어갈 수 있지 않겠 냐?”

슬쩍 돌려서 말하는 거지만, 결국 희망이 있다는 소리가 아닌가.

"그럴까?"

적운비는 소대령의 곁에 서서 함께 등선로를 올려다봤
다.

"노력이 모든 것을 이뤄 주지는 않지만, 결코 배신하지
는 않아. 우리는 노력하고 있잖아!"

소대령은 볼살이 흔들릴 정도로 빠르게 고개를 끄덕였
다.

"응!"

"그럼 문제없어. 내가 있잖아."

적운비는 소대령을 향해 손을 내밀었다.

소대령은 감격한 표정으로 적운비의 손을 잡으려 했다.
하나 적운비는 소대령의 손을 잡고 무언가를 건네는 것이
아닌가.

소대령은 눈을 끔뻑이며 적운비가 쥐여 준 싸리비를 내
려다봤다.

"응?"

적운비는 히죽 웃으며 비질을 시작했다. 그러고는 소대
령을 향해 손짓했다.

"뭐 해? 빨리 쓸어."

"내, 내가 왜?"

"청송관에 가서 할 일 있어?"

"오전 수련까지는 자유시간이니까…… 그냥."

적운비는 능글맞은 표정으로 말했다.

"등선로에 와서 그냥 갈 거야? 흔적이라도 남겨야지. 자! 나 하는 대로 따라서 해 봐."

"으, 응!"

소대령은 엉겁결에 적운비를 따라 비질을 시작했다.

한데 쉽게만 보였던 비질은 생각보다 어려웠다. 이것은 단순히 뚱뚱해서 생기는 일은 아닐 터였다.

몇 번 따라 하다 보니 이유를 알 수 있었다.

'으으…… 무섭다.'

등선로의 계단은 폭이 좁았다.

그렇기에 옆으로 서서 비질을 해야 한다.

한데 적운비는 발의 앞부분만 계단에 걸친 채 정면으로 비질을 하고 있는 것이 아닌가.

그러면서도 평지를 걷듯 재빠르게 움직인다.

처음에는 위태로워 보였지만, 계속 보니 오히려 앞만 볼 수 있어서 괜찮아 보였다.

'나도 저렇게 해 볼까?'

소대령은 자칫하면 미끄러질 수도 있다는 생각에 한눈을 팔 엄두도 내지 못한 채 적운비의 움직임을 살펴야 했다.

"혁혁, 힘들어."

시원한 아침 바람을 타고 밝은 목소리가 들려왔다.

"하하하, 늦으면 두고 간다?"

"가, 같이 가!"

소대령은 심호흡을 한 후 다시 정신을 집중했다.

그러고는 힘차게 비질을 이어 갔다.

이것이 어떤 결과를 이뤄낼지는 생각지도 못한 채 말이다.

소대령을 비롯해 몇 명의 손을 거친 싸리비가 계단에 나뒹굴었다.

"뭐야? 이걸 내가 왜 해! 녀석들이 왜 이리 늦게 오나 했더니 너 도와주고 있던 거였냐? 쯧쯧! 멍청한 녀석들."

위지혁은 몸을 웅크린 채 투덜거렸다.

가뜩이나 추워 죽겠는데 비질까지 하라니, 여기까지 온 이유도 관도들의 눈빛을 이기지 못하고 부득불 나섰기 때문이 아닌가.

애초에 왜 내가 밥을 갖다 줘야 하는데?

도대체 왜!

한데 적운비는 위지혁을 빤히 쳐다볼 뿐이다.

"뭐? 뭐?"

위지혁은 멋쩍은 기분에 입술을 삐죽였다.

그러자 적운비의 입꼬리가 올라갔다.

무언가 재밌는 장난이 떠올랐을 때의 모습이다.

"너도 먹었잖아."

"응?"

"육포."

위지혁이 슬그머니 시선을 피했다.

"대령이 다음으로 많이 먹더라? 부잣집 아들내미가 육포에 환장할 줄은 생각지도 못했네."

적운비의 장난기 어린 말에 위지혁은 더듬거리며 대답했다.

"부, 부자라고 다 잘 먹는 건 아니다."

하나 적운비는 히죽 웃으며 위지혁을 가리켰다.

"공범."

"뭐?"

"무경 도장께 고자질 해야지. 너랑 같이 먹었다고 말이야."

그 순간 위지혁은 번개 같은 속도로 싸리비를 주워들었다. 적운비는 위지혁의 입술이 댓 발이나 나온 것을 보고 남몰래 히죽거렸다.

"웃지 말고 청소나 해!"

위지혁의 말에 적운비는 어깨를 으쓱거렸다.

"하하, 너보다 빠르니 걱정하지 마라."

적운비는 능숙하게 비질을 했다.

호언장담을 한 것처럼 제법 속도가 빠르다.

하나 위지혁은 더 이상 지고 싶지 않았다. 그렇기에 혼신의 힘을 다하여 비질을 했다. 하지만 얼마 지나지 않아 자신보다 앞서 나가는 적운비를 멍하니 쳐다볼 수밖에 없었다.

'밥 먹고 비질만 했나. 뭐 저렇게 빨라?'

그 순간 적운비의 장난기 가득한 목소리가 들려왔다.

"늦은 사람이 점심 타 오기!"

위지혁은 눈을 부릅떴다.

'질 수 없지!'

하나 적운비의 속도는 그야말로 전광석화였다.

결국 위지혁은 적운비의 움직임을 따라 하기 시작했다. 승부욕 때문에 적운비의 일거수일투족을 고스란히 따라 한 것이다.

'오호! 좁혀진다!'

위지혁은 비질에 숨겨진 재능이 있었는지 적운비를 흉내 낸 이후 상당한 거리를 좁힐 수 있었다.

그 순간 적운비가 위지혁을 흘낏 내려다보다가 눈을 휘

둥그레 떴다.

"뭐야? 너 어디서 비질이라도 배웠냐? 왜 이렇게 빨라!"

위지혁은 눈을 부릅뜬 채 광소를 터트렸다.

"크하하! 꼬리에 불붙은 망아지처럼 도망쳐 봐라. 내가 금방 잡아주마!"

"이크!"

적운비는 화들짝 놀라며 비질에 집중했다.

하나 돌아선 적운비의 입가에는 묘한 미소가 맺혀 있었다.

'후훗, 어찌 보면 제일 단순한 녀석이라니까.'

*　　　*　　　*

"아! 언제 봐도 위풍당당하네."

등선로의 정상에 오른 적운비는 휴식을 취하기 전 용호적문(龍虎赤門)을 쳐다봤다.

붉은 주사로 칠한 철문을 중심으로 청룡과 백호를 조각한 석상이 좌우측에 놓여 있었다.

이곳이 바로 등선로와 상궁의 경계였다.

그리고 지금의 적운비가 수련제자의 신분으로 올라갈 수 있는 한계이기도 했다.

적운비는 양팔을 허리에 올린 채 용호적문을 향해 타이르듯 말을 걸었다.

"너무 무섭게 쳐다보지 말라구. 조만간 기쁘게 문을 열어 줄 거잖아?"

쉬이이잉—

매서운 바람이 용호적문을 두들기며 묵직한 소음을 터트렸다.

하나 적운비는 더욱 환하게 웃으며 말했다.

"다음에는 내 친구들을 불러 올 거야. 그때는 너도 못 버틸걸?"

그 순간 매섭던 바람이 잦아들었다.

이제야 자신의 말에 호응하는 것 같아 더욱 기분이 좋아졌다.

"하하! 용호적문이 그리 좋더냐?"

나직한 한 마디의 주인공은 무당의 무복을 입은 도인이었다.

적운비는 도인을 향해 고개를 숙였다.

"수련제자 운비가 무한 사백께 인사드립니다."

무한자는 피식 웃으며 손을 내저었다.

"격식은 되었다. 하루 이틀 본 사이도 아니잖아."

무한자의 말마따나 적운비는 등선로의 청소를 시작한 이

후 매일같이 그와 마주했다.

하지만 적운비는 상대가 이대 제자인 무 자 배의 대제자이고, 이학인의 사형임에도 주눅 들지 않고 물었다.

"혹시 사백께서도 벌을 받으시는 건가요?"

"벌?"

무한자가 고개를 갸웃거리자, 적운비는 헤죽 웃으며 말했다.

"무당의 기대를 한 몸에 받으시잖아요. 그런데 새벽마다 여기서 시간을 보내시니 궁금해서 그럽니다."

무한자는 박장대소를 했다.

"하하하, 벌을 받으려면 최소한 일 년 면벽 정도는 받아야지. 그 정도는 되어야 이 무한자의 이름값에 어울리지 않겠느냐?"

"아쉽네요. 동료애가 싹트려고 했는데……."

무한자는 주눅이 들기는커녕 농까지 건네는 적운비를 신기하게 쳐다봤다.

본래 수련제자에게 본산의 문도란 염라대왕이나 신선과 동격인 법이다. 게다가 무당에서 무한자라는 이름은 그가 호언장담한 것처럼 그리 가볍지 않았다.

문파의 실무를 담당하는 무 자 배에서 으뜸이며, 조만간 장로에 오를지도 모르는 전도유망한 기재가 바로 무한자였다.

그러니 눈도 제대로 마주치지 못하고, 주눅 드는 것이 당연했다. 또는 어떻게 해서든 눈에 들고 싶어서 아양을 떠는 경우가 대부분이었다.

한데 이 녀석에게는 그런 게 없다.

그것이 묘하게 신경 쓰이면서도 재밌었다.

"나야 가고 싶으면 가고, 오고 싶으면 오는 거지. 한데 오늘도 친구가 바뀌었구나."

무한자는 열심히 등선로를 내려가고 있는 위지혁을 턱짓으로 가리켰다.

적운비는 저 멀리서 보이는 위지혁의 모습에 빙긋 웃음을 머금었다.

"아마 내일도 올 겁니다."

무한자는 입술을 동그랗게 말며 호기심을 보였다.

"그래? 내가 옆에서 지켜봤을 때에는 안 올 것 같더라."

적운비는 평소와 다르게 놀란 기색을 보였다.

옆에서 지켜봤다는데도 전혀 눈치채지 못했다.

제대로 된 무공을 익힌 사람은 뭐가 달라도 다른가 보다.

무한자는 대수롭지 않게 말을 이었다.

"저 녀석은 너한테 불만이 많아 보이던데. 저렇게 투덜거릴 정도면 너를 싫어하는 게 아니냐?"

적운비는 평소 위지혁의 모습을 떠올리며 폭소를 터트렸다.

"하하, 녀석은 저를 싫어하지 않아요. 질투하는 것뿐입니다."

무한자는 고개를 갸웃거렸다.

"싫어하는 것과 질투하는 게 다른가?"

적운비는 잠시 미간을 찡그리더니 엄지와 검지를 슬쩍 모았다.

"조금요?"

무한자는 자신도 모르게 박장대소를 했다.

역시 묘하게 특이한 녀석이다.

잠시 후 그는 지나가는 말투로 말했다.

"이번 녀석은 꽤 걸릴 것 같더라?"

"네?"

적운비가 눈을 동그랗게 뜨는 만큼 무한자의 눈매가 가늘어졌다.

"후훗, 너도 못하는 게 있구나. 표정을 숨기는 데에는 재능이 없는걸? 겉으로 보면 관도들이 너를 돕는 것처럼 보이지만, 실제로는 네가 관도들에게 무언가를 가르치고 있는 것이 아니냐?"

적운비는 그제야 진심으로 놀란 기색을 보이며 혀를 내

둘렀다.

"대단하십니다. 어찌 그것을 아셨나요?"

무한자는 피식 웃으며 적운비의 움직임을 어색하게 흉내
냈다.

"단체로 이걸 하고 있는데 시선이 가지 않으면 그게 더
이상하지 않겠냐. 물론 그게 건곤보와 관련됐다는 건 오늘
에서야 알아차렸지만 말이다."

"아……."

적운비가 어색하게 웃음을 흘렸지만, 무한자는 더 이상
웃지 않았다.

그저 서늘한 눈매로 내려다볼 뿐이다.

적운비는 처음으로 무한자의 눈치를 봤다.

'큰일인걸.'

건곤보(乾坤步)는 무당파의 기본 보법으로 이것을 완숙하
게 펼칠 수 있게 되면 전신의 움직임과 악력을 단련하는 건
곤구공(乾坤球功)의 단계로 넘어가게 된다.

즉, 건곤보는 건곤구공을 익히기 전에 신체를 단련시키
는 보법인 셈이다.

한데 적운비는 무당파에서 내려오던 수련 방법을 멋대로
변형한 것이나 다름없었다.

"아……."

적운비가 천방지축처럼 행동하는 이유는 어리석기 때문이 아니다. 오히려 똑똑함을 넘어 지혜로움을 품고 있는 녀석이 아니던가.

그러니 명문정파에서 무공이 가지는 의미를 모르지 않았다. 명문의 무공은 그야말로 문파의 역사를 나타낸다.

오랜 세월 동안 선대의 무인들이 갈고닦으며 가장 효율적으로 능력을 발휘할 수 있도록 체계화시켰단 뜻이다.

그러니 멋대로 수련 방법을 건드리는 것은 전통을 부정하는 것이었고, 문파를 무시하는 행위처럼 보일 수 있는 오해의 소지가 다분했다.

무한자는 눈매를 가늘게 뜨며 한참 동안 말없이 적운비를 내려다봤다.

그럴수록 적운비는 고개를 숙였고, 입술을 잘근잘근 씹으며 불안감에 대항해야 했다.

긴장감이 극에 이르는 순간이었다.

"하하하! 녀석, 그런 표정도 지을 줄 아는구나. 의외다. 진짜 의외야. 그리 겁먹지 않아도 된다."

무한자는 뭐가 그리 재밌는지 숨을 몰아쉬면서도 웃음을 그치지 않았다.

적운비는 굳은 표정으로 조심스럽게 물었다.

"그럼 문제없는 건가요?"

무한자는 피식 웃으며 고개를 끄덕였다.

"문제 될 건 없다. 넌 건곤보 자체를 변형시킨 게 아니라 단순히 건곤보의 수련 방법을 바꾼 것이니까. 그게 더 효과적이라면 크게 문제 될 건 없지. 게다가 네가 최초도 아니니 누가 문제를 삼겠느냐? 걱정하지 않아도 된다."

적운비는 그제야 굳은 표정을 풀며 중얼거렸다.

"아…… 놀랐다."

그러고는 털썩 주저앉았다.

잠시나마 너무도 긴장했기 때문이다.

무한자가 계단 아래로 굴러떨어질 뻔한 적운비를 황급히 낚아챘다.

"녀석, 그리 놀랐느냐?"

적운비는 동그란 눈을 깜빡이며 말했다.

"건곤보가 아무리 기본보법이라지만, 함부로 대해서는 안 되니까요."

무한자의 눈빛이 한순간 놀람으로 번쩍였다.

저 나이의 평범한 아이라면 좋은 것을 발견했을 때 앞뒤 가리지 않고 행할 것이다. 반면 조숙한 아이라면 법도에 어긋나는 일이니 아쉬울지언정 포기했을 것이다.

그게 저 또래의 정상적인 모습일 터였다.

'이 녀석은 다르다.'

적운비는 건곤보가 가지는 전통적 의미와 실용적 의미를 모두 파악하고 있었다.

그리고 그 안에서 나아갈 길을 찾은 게다.

본래의 건곤보를 건드리지 않는 범위 내에서.

무한자는 폭소를 터트리며 말했다.

"하하, 그걸 알면서 잘도 일을 벌였구나."

"건곤보는 평생에 걸쳐 익혀야 한다고 들었습니다. 무당 무학의 근본 중 하나니까요."

무한자는 적운비의 머리를 쓰다듬으며 고개를 끄덕였다.

"거기까지 생각을 하다니 기특하구나."

당근 후에는 채찍이다.

무한자는 다소 준엄한 어투로 말을 이었다.

"하지만 한 가지는 잊지 마라. 검법에 빗대어 말하자면 허초나 변초는 실초를 완벽하게 익힌 후에야 구사할 수 있는 거다. 완벽하게 숙지하지 못한 상태에서 변화를 꾀하는 건 모래 위에 성을 쌓는 것과 다르지 않아."

적운비는 환하게 웃으며 손을 모았다.

다소 과하다고 여길 수도 있었던 행동을 이해하고, 나아갈 길을 열어 준 것에 대한 감사였다.

"명심하겠습니다."

무한자의 평소처럼 인자한 표정으로 물었다.

"그런데 저 좁은 계단에서 건곤보를 수련할 생각은 어떻게 한 것이냐?"

적운비는 혀를 빼물며 말했다.

"그냥 우연히 하게 되었습니다."

무한자는 미소로 화답했지만, 속으로는 놀라지 않을 수가 없었다.

건곤보는 정해진 방위를 규칙적으로, 그리고 끊임없이 돌며 수련해야 했다. 자연스럽게 하체의 힘을 기르고, 균형을 잡게 하는 방법인 셈이다.

한데 적운비는 그것을 등선로에서 수련한 것이다.

'그냥 오르는 것도 힘든 계단에서……'

무한자는 잠시 적운비의 움직임을 떠올렸다.

허리를 숙인 채 쉼 없이 좌우로 비질을 한다. 그러면서도 발끝으로 폭이 좁은 계단에서 균형을 잡는다.

좁고, 불편한 곳에서의 수련이 익숙해지면 평지에서 펼쳤을 때 더 큰 위력을 내리라.

생각보다 훨씬 괜찮은 방법이다.

'이게 우연이라고?'

그 말을 믿는 사람이 있다면 바보, 멍청이다.

분명 헛되이 버려질 시간을 어떻게 하면 효율적으로 운용할지 다각도로 고심했을 것이다.

그래도 그렇지.

이 짧은 시간 동안 무공의 수련을 실생활에 응용하는 것은 결코 쉬운 일이 아니었다.

정해진 장소에서, 정해진 방법대로만 수련하는 것을 당연하게 여기는 무인들은 결코 생각하지 못했을 방법이다.

애초에 무인들이란 자존심이 강해서 체면과 이목을 중시하지 않던가.

청소하는 것을 부끄럽게 여길 정도이니 청소하면서 수련을 한다는 생각 자체가 어불성설이다.

'허허, 이것 참!'

사실 무당의 역사를 살펴보면 이와 같은 수련법은 비단 적운비가 처음이 아니었다.

숨을 쉬고, 옷을 입고, 밥을 먹고, 잠을 자는 모든 행위를 수련처럼 하던 도인이 있었던 것이다.

그리고 그 도인은 무당의 역사에 거대한 족적을 남겼다.

검천위(劍天位) 천학 진인.

그는 무당의 중흥을 홀로 이뤄낸 절대고수였다.

'그분과 같은 생각을 하는 사람이 또 있구나.'

그렇기에 생각하면 할수록 놀라웠다.

적운비를 쳐다보는 무한자의 눈빛이 더욱 깊어졌다.

'게다가 그뿐이 아니니 더욱 놀랍구나.'

깨달음은 혼자만 간직하는 게 당연하다.

강호에서는 비급으로 인해 가족을 버리고, 친구를 죽이는 게 다반사였다.

한데 적운비는 자신이 터득한 것을 거리낌 없이 관도들에게 가르친다. 그러면서도 혹시나 모를 위험에 대비해 지근거리에서 늘 지켜봤다.

결국 적운비는 저 하나 챙기기만도 바쁜 상황에서 남까지 신경을 쓰고 있었다는 게다.

자질과 인성, 그리고 혜안(慧眼)까지…….

이런 녀석이 말썽쟁이에 반골이라고?

무한자의 귓가에 적운비의 조심스러운 말이 들려왔다.

"저…… 무한 사백."

"아! 이제 수련 시간이구나. 어서 가 보거라."

"네! 내일 뵙겠습니다."

무한자는 적운비의 등을 쳐다봤다.

마음의 짐을 내려놓아서 그런지 참으로 신명나게 내달린다.

"후훗!"

양곡전의 일이 터졌을 때 우연히 무경자의 투덜거림을 들었다. 고작해야 수련제자가 아이들을 선동하여 양곡전을 털었단다.

어떤 녀석인지 호기심이 생기지 않을 수가 없었다.

그래서 아침잠을 무릅쓰고 매일같이 용호적문으로 나선 것이다.

한데 상상 이상으로 특이한 녀석이 아닌가.

무한자는 적운비 모르게 미소를 보였다.

'청송관이라…….'

재밌다. 참으로 재밌어.

*　　　*　　　*

청송관의 수련은 오전과 오후로 나뉜다.

그 후 저녁에 치러지는 경전 수업까지 끝내면 하루 일과가 마무리되는 것이다.

그렇게 정해진 시간을 무사히 넘기면 무당파의 정식문도가 될 자격을 심사받게 된다.

이때 수련제자들의 성취와 인성, 무당파에 대한 사상을 점검하고, 시험하는 것이 바로 각 관주들의 역할인 셈이다.

그렇기에 청송관주 이학인은 수련을 앞두고 관도들을 모았다.

"다 모였느냐?"

"적운비가 아직입니다."

"그래, 등선로의 일이 아직 안 끝났나 보구나. 일단 이르기는 하지만 시작하도록 하자."

관도들은 제각기 목검을 들고 이학인 앞에 옹기종기 모여 앉았다.

"네!"

잠시 후 이학인의 담담한 한 마디가 들려왔다.

"무당산이라는 이름의 연원을 아느냐?"

"본래 태화(太和)라 불렸으나, 원무신(元武神)께서 득도하신 이후 그분이 아니면 산세를 감당(堪當)할 수 없다고 해서 무당이라고 불렸습니다."

이학인은 고개를 끄덕였다.

"맞다. 그 후 원무신을 기리는 도인과 깨달음을 얻으려는 도인들이 무당산에 모였다. 그들은 제각기 터가 좋은 곳에 도관을 지어 각자의 방법으로 득도하려 했는데, 훗날 조사께서 난립하던 도관을 하나로 합치며 지금의 무당파가 만들어진 것이다."

이학인은 잠시 청송관의 관도들을 돌아보며 나직이 물었다.

"무당파는 도가문파이지만, 강호가 환란에 처했을 때 결코 도외시하지 않았다. 전쟁과 환란으로 인한 피해는 모두 민초의 몫이기 때문이다. 무슨 뜻인지 알겠느냐?"

관도들은 한목소리로 외쳤다.

"일신의 깨달음은 중요하다. 하지만 어려움에 처한 이를 모른 척한다면 어찌 하늘에 오를 자격이 있다 하겠는가! 하늘은 만물을 주시하며 돌보니 나 또한 만물에 대한 주의를 게을리 하지 말라. 라고 하셨습니다."

이학인은 빙긋 웃었다.

"잘 기억하고 있구나. 무당파의 도인은 약하다 하여 움츠리지 않았고, 강하다 하여 압제하지 않는다. 이것은 무당파가 도가문파이면서 의협을 중시하는 정파이기 때문이다."

이번에도 관도들은 화답을 하듯 외쳤다.

"의기(義氣)는 천추(千秋)하니, 협심(俠心)을 만개(滿開)하여 만민을 이롭게 하라!"

이학인이 가르치는 것은 곧 무당파의 이념이 아닌 협객(俠客)의 마음일 터였다.

그리고 관도들은 이학인의 사상을 가감 없이 받아들였다.

"좋다. 그 마음을 결코 잊어서는 아니 될 것이야. 이제 수련을 시작하자."

청송관의 관도들이 제각기 거리를 벌리고 건곤보의 자세를 취하려는 순간이었다.

쇠종을 두들기는 듯한 쩌렁쩌렁한 외침이 들려왔다.

"잠깐! 그렇게 끝내면 안 되지."

무경자는 팔을 휘적거리며 연무장으로 들어섰다.

"사형."

"어, 사제. 수련을 방해해서 미안하네. 하지만 이렇게 뜬 구름 잡는 얘기만 해서 무슨 효과가 있겠는가?"

무경자는 이학인의 옆에 서서 관도들을 내려다봤다. 부리부리한 눈망울이 닿을 때마다 관도들은 움찔하며 시선을 피했다.

워낙 지은 죄가 다양했기 때문이다.

"무당파에 입문하고 싶으냐?"

무경자의 직설적인 말에 관도들은 한순간 말을 잇지 못했다.

"본 파는 강호의 명문이다. 지금은 잠시 때를 기다리고 있으나, 금세 비상하여 사태천에 버금가는 명문거파가 될 것이다. 그러기 위해서는 먼저 무당이라는 이름을 널리 알려야 한다."

무경자는 고개를 숙이고 있는 소대령을 가리키며 물었다.

"너! 무당의 이름을 알리려면 어떻게 해야겠느냐?"

소대령은 주변을 살피며 당황해했다. 그러나 무경자의

강렬한 시선에 결국 더듬거리며 입을 열었다.

"처, 천룡맹의 인정을 받아야 합니다."

"잘 알고 있구나. 그럼 인정을 받으려면 어떻게 해야겠느냐?"

소대령의 표정에는 겁먹은 기색이 역력했다.

"그게……."

"천룡학관! 천룡학관이다. 천룡맹은 중원의 동부를 책임진다. 본 파는 이러니저러니 해도 천룡맹과 떼려야 뗄 수 없는 관계인 것이야. 그러니 더욱 천룡학관에 많은 제자가 입학해야 마땅하다."

무경자의 외침이 이어지자 관도들은 고개를 숙였다. 그러나 입술을 삐죽이며 불만스런 표정이 그득했다.

'또 시작이시네.'

"너희들은 천룡학관에 입학할 자신이 있느냐! 무당파에 필요한 것은 천룡학관에 입학하여 문파의 이름을 드높일 수 있는 제자란 말이다! 너희들은 그럴 수 있느냐고 묻지 않더냐!"

청송관도들은 가타부타 대꾸를 하지 못했다.

사람들도 알고, 그들도 안다.

태청관은 물론이고, 상청관에도 미치지 못함을.

심지어 여아들이 모인 옥청관보다 성취가 뒤떨어지는 게

현실이었다.

위지혁은 고개를 숙인 채 이를 악물었다.

그놈의 천룡학관이 뭐기에 이처럼 관도들을 주눅 들게 만든단 말인가. 위지혁은 울먹이는 소대령을 향해 화풀이하듯 한 마디를 내뱉었다.

"젠장! 떨지 마. 멍청아!"

무경자의 강압적인 외침은 끝없이 이어졌다.

"자신감을 가지고 악을 쓰란 말이다! 이대로라면 너희들은 단 한 명도 본산에 입문하지 못할 것이야. 평생 무당산만 보면서 억울해할 거냐? 천룡학관에 입학 못 하면 죽는다는 생각으로 달려들란 말이다!"

이학인이 참지 못하고 나서려는 순간이었다.

"그건 진무제가 지나 봐야 아는 게 아닙니까?"

시큰둥한 목소리.

무경자가 눈썹을 부르르 떨며 고개를 돌렸다.

"웬 놈이……?"

연무장 입구에 서 있던 적운비가 고개를 꾸벅 숙였다.

"관주님과 무사부님께 인사드립니다."

적운비가 고개를 꾸벅 숙이며 연무장에 나타난 것이다.

무경자가 인상을 쓰며 외쳤다.

"또 너냐? 뭐 하다가 수련 시간에 늦은 것이냐!"

적운비는 무표정한 얼굴로 담담하게 말했다.

"청소하고 왔습니다."

무경자는 혀를 찼다.

"남들은 천룡학관에 들어가겠다고 기를 쓰는데 청소나 하는 녀석이 참 당당하구나."

그 순간 적운비의 입꼬리가 미세하게 올라갔다.

"올해도 전원 불합격인가 보군요."

무경자는 눈을 휘둥그레 떴다.

천룡학관에 대한 얘기는 함구하는 것이 불문율이었다. 한데 적운비가 대수롭지 않게 이야기를 꺼내니 당황스러움을 금치 못했다.

"뭐? 네가 그걸 어떻게…… 허험!"

"천룡학관은 그저 천룡맹에 속한 문파들끼리 교류하고, 후기지수 간의 친분을 다지기 위함이 아닙니까. 솔직히 입학한다고 대단한 무공을 가르쳐 주는 것도 아니고요. 한데 천룡학관에만 입학하면 모든 게 다 이뤄질 것처럼 말씀하시는 건……."

이학인이 무경자의 얼굴이 붉으락푸르락하는 것을 보고 황급히 나섰다.

"적운비! 이놈, 어디서 사문의 어른이 말씀하시는데 끼어드는 것이냐. 당장 자리로 돌아가거라."

적운비는 입술을 삐죽이며 뒷말을 속으로 삼켰다.

'너무 무책임하고, 근시안적이잖아.'

그리고 가장 하고 싶었던 말은 따로 있었다.

'언제부터 무당이 남의 인정을 받으려 했던가!'

이학인은 무경자의 시선을 가로막으며 나직이 말했다.

"사형, 저와 잠시 얘기 좀 나누시지요."

"끄응! 내 언제고 간에 저놈을 그냥 두지 않을 것이야."

이학인은 무경자를 연무장 밖으로 이끌며 관도들에게 말했다.

"건곤보를 수련하면서 청풍검법의 초식을 다듬고 있거라. 금방 돌아오마."

관도들은 힘이 빠진 듯 흐느적거리며 일어나더니 자세를 잡고 수련을 시작했다.

한편 이학인은 연무장 밖으로 나서자마자 무경자를 향해 물었다.

"사형, 아이들을 이렇게 압박하는 이유가 무엇입니까?"

무경자는 여전히 분이 풀리지 않는지 콧김을 뿜으며 말을 이었다.

"벽성 사숙께서 오늘 아침에 또 장로회의에 불려 가셨네. 올해에도 불합격한 것 때문에 한소리 들으셨나 봐."

벽성자는 일대제자로 수련관의 총관주를 맡고 있었다.

그의 꿈은 본산에 들어가 장로의 자리에 오르는 것이다. 한데 무당파의 일대 중 장로가 될 수 있는 도인은 극소수였다.

그러니 벽성자는 공을 세워 장로가 되려 했다.

그 방법은 단 하나.

관도들을 천룡학관에 보내는 것이다.

최대한 많이!

이학인은 벽성자를 떠올리며 쓴웃음을 지었다.

"벽성 사숙께서 관도들을 다잡으라고 하셨군요."

"장문인부터 장로들까지 지금 심기가 매우 불편하시네. 올해에는 듣도 보도 못한 작은 무관에서도 합격자가 나왔다고 하더군."

"그럴 만도 하군요. 한데 아이들을 너무 심하게 몰아붙이는 것이 아닐는지요?"

무경자는 대수롭지 않게 말을 이었다.

"운검문이나 형문파는 두 시진씩만 재우고 수련을 시킨다잖는가. 그러니까 매해 두 명씩 입학을 시키지. 우리 애들은 너무 편해서 그래. 좀 강압적으로 대해야 긴장을 하고 말을 들을 게야."

이학인의 표정이 점점 어두워졌다.

"후훗, 천룡학관이 여럿 잡는군요."

"천룡맹에서 입신양명하려면 학관에서 맺은 연줄이 크게 작용하네. 그러니 별수 없는 일이야. 우리가 세태를 바꿀 수 없다면 최대한 빨리 시류에 적응을 해야지. 언제까지 무당파가 퇴물 소리를 들을 수는 없지 않은가!"

이학인은 답답한 듯 무거운 숨을 토해 냈다.

"뭔가 크게 잘못되고 있어요."

"뭐라고 했는가?"

무경자가 묻자, 이학인은 빙긋 웃으며 고개를 내저었다.

"아닙니다."

"흠! 하여튼 자네는 너무 물러. 앞으로 애들을 휘어잡으란 말이야. 진무제가 멀지 않았네."

"네, 명심하겠습니다."

이학인은 무경자를 배웅한 후 연무장으로 향했다.

'참으로 삭막하구나.'

하긴, 마인조차 살기를 억누르고 이권을 좇는 세상이 아니던가. 언제까지나 정파인들이 의협과 낭만을 찾을 수도 없는 노릇이었다.

'강호는 이런 곳이 아니었는데…….'

연무장으로 향하는 발걸음은 무겁기만 하다.

이학인은 연무장에 들어서면서 낯익은 외침을 마주해야 했다.

“건이(乾二)! 소대령, 팔이 처지잖아!”

“응!”

“위지혁, 너무 빨라, 보폭을 맞춰라. 균형을 잡지만 말고, 다음 위치까지 눈에 담아!”

“말 시키지 마. 힘들어!”

청송관도들의 수련이 한창이었다.

그리고 그들 모두를 통솔하는 것은 다름 아닌 적운비였다.

한데 그 모습을 지켜보던 이학인의 표정이 조금씩 변했다.

“으음.”

관도들의 움직임이 예전과는 사뭇 다르지 않은가. 이것은 적운비의 훌륭한 인솔 덕분이기도 했지만, 아이들의 몸놀림 자체가 어정쩡하지 않고 날렵하게 변한 것이다.

그로 인해 관도들의 건곤보는 본래의 취지대로 표홀하면서도 팔방을 끊임없이 찍었다.

근래에 들어 조금씩 성장하는 것은 알았지만, 어느덧 자신의 예상을 뛰어넘은 게다.

저 아이들을 보고 그 누가 둔한 녀석들이라는 말을 할 수 있겠는가.

이학인의 시선이 적운비를 좇았다.

‘너냐?’

적운비의 성장은 관도들의 성장으로 이어진다.

이제는 건곤보가 완숙하니 며칠 안으로 다음 단계인 건곤구공을 가르쳐도 될 듯싶었다.

만약 청송관도들이 건곤구공마저 제대로 따라올 수 있다면 이제 태청관이나 상청관의 관도들과 큰 차이가 없을 터였다.

그때에는 누구도 청송관도들을 가리켜 둔재라고 할 수 없을 것이다.

이학인은 무경자로 인해 생겼던 답답함을 버리고 미소를 머금었다.

‘너희들의 강호는 우리와 다르겠지?’

그렇게 적운비의 인솔로 수련은 끝없이 이어졌다.

*　　*　　*

사실 수련을 좋아하는 사람은 없다.

같은 자세로 같은 동작을 쉬지 않고 반복하는 행위를 즐겨 하는 사람이 어디 있겠는가.

그것은 청송관의 관도들도 마찬가지였다.

아니, 오히려 다른 사람들보다 더할 것이다.

하지만 단 한 명도 꾀를 부리거나, 게으름을 피우지 않았다.

변화를 가장 절실하게 원하는 것도 그들이고, 변화하지 못하는 것을 가장 사무치게 아쉬워하는 것도 그들이기 때문이다.

결국 이학인이 박수를 치며 관도들을 모았다.

"무리하면 오후 수련에도 영향이 간다. 오늘은 여기까지 하자."

적운비를 제외한 아이들은 너 나 할 것 없이 허물어지듯 연무장에 주저앉았다.

땀이 비 오듯 했고, 팔다리가 말을 듣지 않는다.

하지만 관도들의 표정은 밝기만 했다.

예전에는 아무리 설명을 들어도 헷갈렸고, 그로 인해 꾸중을 듣는 것이 일상이었다.

그렇기에 수련을 처음부터 끝까지 흐트러짐 없이 끝낸 관도들은 낯선 성취감을 만끽하고 있었다.

"후아!"

적운비가 심호흡을 하며 자리에 앉았다.

그리고 수련제자들이 익히는 삼합심법(三合心法)의 구결을 읊으며 단전을 안정시켰다.

'그냥 쉬는 게 나을 텐데?'

본래 삼합심법은 그 자체로는 큰 효과를 보기 힘들었다. 무당파의 정식제자가 되어 무당의 심법을 익히기 전에 토대를 닦는 정도에 불과했기 때문이다.

그렇기에 수련관의 관도들은 삼합심법에 매달리지 않았다. 삼합심법은 적당히만 익혀 두면 된다.

어차피 얼마 쌓이지도 않을 내공으로 할 수 있는 일도 없지 않은가. 그러니 체력과 근력에 시간을 투자하라는 말이 정설이었다.

'다른 건 몰라도 삼합심법은 엄청 챙기네.'

관도들은 서로 눈치를 보기 시작했다.

평소 적운비의 언행을 보자면 큰 효과를 볼 수 없는 삼합심법은 애당초 내팽개쳤어야 마땅했다.

하지만 적운비는 단 한 번도 삼합심법을 거르지 않았다. 오히려 하루 중 가장 진지하고 엄숙한 분위기를 자아내며 집중했다.

"아이고……."

'질 수 없지.' 라는 말을 속으로 삼킨 위지혁이 슬그머니 몸을 일으키더니 호흡을 가다듬었다. 관도들 전부가 정좌를 하고 삼합심법을 운용하는 데에는 긴 시간이 필요치 않았다.

한데 그 순간 연무장으로 들어서는 청년이 있었다.

무당파의 옷이 아닌 마의를 입은 청년은 이학인에게 다가가 인사를 하는 것이 아닌가.

"야! 석 사환이다."

청년의 이름은 석생으로 수련관의 사환이었다.

"뒷간 청소 때문에 온 것 같은데?"

관도들은 웅성거리며 적운비를 쳐다봤다.

하나 적운비는 삼합심법의 연공을 끝내고, 히죽 웃었다.

"괜찮아. 벌을 받았으면 빨리 끝내는 게 낫지. 그래야 또 한 건 하지 않겠냐?"

"하하하!"

적운비는 관도들의 웃음을 들으며 말했다.

"너희들, 이번에도 도와줄 거지?"

화기애애한 분위기는 마치 꿈처럼 희미해졌고, 웃음은 사라진 지 오래였다.

관도들은 하나둘씩 적운비의 초롱초롱한 눈동자를 회피했다. 심지어 소대령마저도 눈을 감고 구결을 외는 시늉을 하는 게 아닌가.

'운비는 좋지만, 그 냄새는 좀……'

"아, 삼합심법은 역시 어렵구나."

위지혁은 고소하다는 표정으로 혀를 빼물었다.

"어림도 없다. 절대 안 가."

적운비는 결국 어깨를 으쓱거리며 대수롭지 않게 말했다.

"홋! 별거 있나. 냄새만 참으면 되지."

소대령이 미안한 표정으로 말을 이었다.

"그래, 첫날만 고생하면 이튿날부터는 쌓인 게 없으니까 청소도 짧을 거고, 냄새도 없을 거야."

한데 관도들의 표정이 좋지 않다.

뒷간 청소는 청송관에 국한된 것이 아니라 수련사관을 통째로 포함했기 때문이다.

"그쪽 애들이 시비 걸지 않을까?"

"태청관이야 워낙 수련 말고는 관심이 없으니까 괜찮을 거야. 그런데 상청관 애들은 좀 위험한데……."

"저번에 우연히 만났다가 맞을 뻔했었어."

위지혁이 지나가는 말투로 적운비에게 충고했다.

"상청관은 정사지간 쪽 애들이 많으니까 조심해라. 거기서 여기처럼 까불다가는 큰일 날지도 몰라."

하나 적운비는 여유롭기만 했다.

"태청이든, 상청이든 모두 수련제자의 신분이야. 소속 가지고 거들먹거리는 놈들은 내 쪽에서도 사양이다."

적운비의 장난기 가득한 눈동자가 한순간 묘하게 일렁였다.

위지혁은 그 모습에 고개를 내저었다.

불현듯 지금껏 적운비가 보여 주었던 모습들이 뇌리를 스친 것이다.

'간덩이가 부은 놈한테 충고라니…… 내가 미쳤지. 상청관은 물론이고, 본산에 던져 놔도 문제없겠구나.'

제 마음에 안 들면 장문인 앞에서도 고개를 빳빳이 들 놈이 아닌가.

위지혁이 신경을 끄려는 순간 석생이 관도들을 향해 외쳤다.

"적운비가 누구냐?"

"접니다."

적운비는 소풍이라도 가는 사람처럼 활달하게 나섰다. 석생은 그 모습에 못마땅한 기색을 보이더니 멀찍이서 손짓을 했다.

"따라와라."

第四章
천학도관(天鶴道觀)

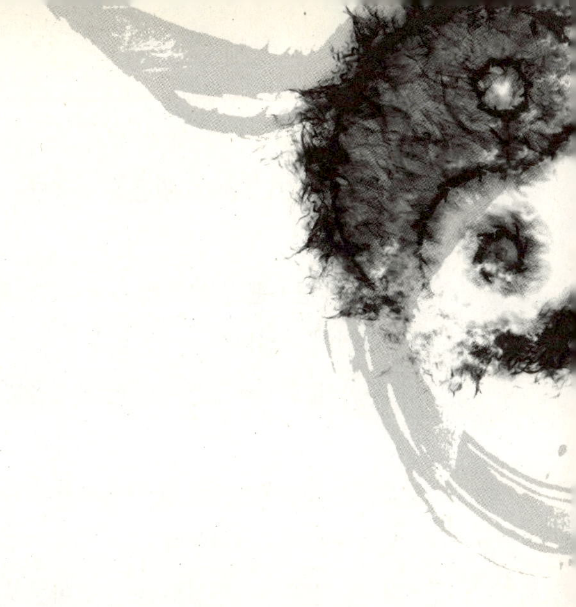

　수련관의 생활은 오전 수련과, 오후 수련, 그리고 저녁의 도경 수업을 제외하면 상당히 자유로웠다.

　물론 그렇다고 해서 마냥 노는 것이 허락되는 것은 아니었다.

　어찌 됐든 오전 수련이 끝난 이상 오후 수련까지는 상당한 시간이 남아 있는 셈이다.

　그렇기에 석생과 적운비는 급할 것이 없었다.

　"저기……."

　적운비의 부름에 석생이 고개를 돌렸다.

　"선배님이라고 불러도 됩니까?"

석생은 자신도 모르게 걸음을 멈췄다.

"뭐라고?"

"예전에 청송관에 계셨다고 들었습니다. 그러니까 제게는 선배님이 아닙니까."

적운비의 말에 석생은 어색한 표정을 지었다.

맞다. 자신도 몇 년 전에는 청송관의 관도였다.

그리고 그때에는 지금의 아이들처럼 본산 제자가 되기를 꿈꾸는 평범한 소년이었다.

'후훗, 나에게는 어림도 없는 일이었지.'

청송관도가 정식제자가 되기란 참으로 어려웠다.

애초에 성취가 떨어지는 아이들만 모이는 곳이 아니던가.

석생은 용호적문을 통과하지 못했고, 다른 사람들처럼 하산하여 다른 삶을 살지도 못했다.

그저 수련관에 남아 잡일을 하는, 무인도 하인도 아닌 어정쩡한 신분이 되었다.

하지만 석생은 실망하지 않았다.

천애고아인 자신이 밥을 굶지 않고 사는 것만 해도 감지덕지가 아닌가.

이 모든 것이 무당파의 은덕이었다.

그렇기에 자신을 무당파의 사람으로 취급하지 않아도 개

의치 않았다.

오히려 그게 당연하다고 여겼다. 무당파에 폐를 끼치는 것은 죽기보다도 싫었던 것이다.

"아……."

석생은 선배라는 단어를 곱씹었다.

본산의 제자가 되었다면 적운비와는 사형제간이 된다. 기수는 다르겠지만, 항렬은 같아진다는 말이다.

하나 실패하는 순간 모든 관계가 끊겼다.

본산에 들어간 동기 중 연락이 되는 사람은 아무도 없었다. 정식제자가 된 사람도, 되지 못한 사람도 수련관을 기억에서 지운 것처럼 말이다.

그 후 석생은 관계를 맺지 못했다.

총관주 아래서 심부름을 하는 정도이니 사람들과 어울릴 계기 자체가 없었던 것이다.

한데 사고뭉치인 녀석이 선후배를 논한다.

무슨 뜻인지 알고나 말하는 것일까?

불현듯 자신에게 잘 보이려고 생각 없이 말하는 것은 아닌가 하는 의구심이 들었다.

한데 그 순간 적운비가 싱긋 웃으며 한 마디를 던졌다.

"본산의 제자가 되지 못했다고 해서 무당파와의 인연까지 끊기는 것은 아니지 않습니까?"

석생의 얼굴이 새빨갛게 달아올랐다.

적운비의 호의를 아부로 받아들인 스스로가 부끄러웠기 때문이다.

그는 헛기침을 하며 황급히 적운비를 지나쳐 걸었다. 잠시 후 흘러나온 목소리에는 미약한 떨림이 섞여 있었다.

"빨리 와!"

석생이 데리고 간 곳은 수련관의 자재와 비품으로 가득했는데, 그 옆에 있는 작은 초옥이 그의 거처인 듯했다.

그는 선배라는 말을 들은 이후 필요 이상으로 표정을 굳히고 있었다.

"청소하는 방법은 알지?"

"그럼요."

석생은 지게를 비롯한 몇 가지 장비를 꺼냈다.

"태청관과 상청관의 위치는 알지?"

"예."

"지금은 관도들이 따로 수련을 하거나, 점심을 먹을 시간이야. 그러니까 다른 관도들과 마주칠 일은 별로 없을 거다. 태청, 상청, 청송 순으로 청소를 하면 돼. 그 후에는 장비를 가져다 놓고 청송관으로 돌아가면 된다. 나한테 따로 허락을 맡지 않아도 된다. 무슨 말인지 알지?"

적운비는 지게를 짊어지며 히죽 웃었다.

"어려운 건 냄새를 참는 거지요."

석생은 표정 변화 없이 자신의 할 말을 이어 갔다.

"한 가지 명심해야 할 일이 있다. 절대로 옥청관 주변에는 가지 마. 여관도들과의 교류는 정식제자가 된 후에나 가능하다. 만약 옥청관에 난입하면 양곡전 때처럼 간단히 끝나지는 않을 거다."

적운비는 오히려 잘됐다는 표정이다.

"네 곳에서 세 곳으로 줄어들면 저야 좋지요."

"그래. 그럼 가 봐. 오후 수련이 시작될 때까지는 청소를 끝내야 하니 쉬엄쉬엄하다가는 시간을 맞추지 못할 거야."

적운비는 전장에라도 나가는 사람처럼 바가지로 가슴을 두드리며 말했다.

"예, 명심하겠습니다!"

"그거 지금껏 사용한 거다."

"으윽!"

석생은 적운비를 향해 손짓을 한 후 창고를 벗어났다. 한데 그는 초옥으로 들어가서 쉬지 않았고, 식당으로 가서 밥을 먹지도 않았다.

손때가 반질반질하게 묻은 목검을 들고 숲 속으로 들어가는 것이 아닌가.

적운비는 그 모습에 묘한 미소를 지었다.

"후훗, 잘못 본 건 아니네."

적운비는 언제부터인가 사람을 만나면 눈을 봤고, 그 후에 손을 봤다.

어느 책에서 보았던 구절 때문이다.

눈은 마음을 보여 주고, 손은 삶을 나타낸다.

그렇기에 석생을 처음 보았을 때부터 그를 살폈다.

눈동자에 힘은 없었지만, 결의가 느껴졌다.

또한 그의 손에는 굳은살이 가득했다.

엄지와 검지를 비롯한 곳곳의 상흔은 결코 잡일을 해서 생긴 것이 아닐 터였다.

적운비는 자신의 손바닥을 내려다봤다.

여기저기 굳은살이 가득했지만, 석생에 비할 바는 아니었다.

석생은 누가 뭐라 해도 선배라 불릴 자격이 충분했다.

적운비는 키득거리며 태청관으로 향했다.

"아! 똥 푸기에는 날씨가 너무 좋구나."

그렇게 또 며칠이 흘렀다.

*　　*　　*

적운비는 관도들을 이끌고 산길을 걷고 있었다.

등선로 청소와 뒷간 청소로 인해 평소처럼 자주 어울리지 못했던 상태였다.

그렇기에 관도들은 아침부터 들뜬 기색이 역력하던 적운비를 따라 나서는 데 망설임이 없었다.

'오늘은 뭘 하는 걸까?'

'뭔가 재밌는 일을 벌이려는 거야!'

적운비는 관도들의 기대 어린 시선을 받으며 콧노래를 불렀다.

하나 한참을 걸어도 목적지는 나타나지 않았다.

정오가 가까워진 탓에 관도들은 슬슬 허기를 느끼며 지루해했다.

"도착!"

적운비의 기분 좋은 한 마디와 함께 웅성거리던 관도들의 시선이 전면을 향했다.

햇빛조차 희미하게 들어서는 작은 공터.

그 중앙에 낡은 도관이 존재했다.

벽은 허물어져서 기둥만 남았고, 먼지가 가득한 가운데 을씨년스러운 기운이 가득하다. 허물어진 담 사이를 가득 메우고 있는 잡초로 인해 황량한 느낌은 더욱 강하게 전해져 왔다.

적운비는 공터에 들어서는 순간 눈을 지그시 감고 양팔을 벌렸다.

"크하! 이 역사의 향기!"

그 말은 곧 '오늘은 여기로 정했다!' 와 다르지 않았다.

하나 위지혁을 비롯한 관도들의 얼굴에는 불만이 가득했다. 그것은 폐허라고 해도 무방할 낡은 도관 때문이었다.

"으스스한데. 여기서 뭘 하려고?"

"귀신이라도 나올 것 같잖아."

"정말 나오는 건 아니겠지?"

소대령은 몸을 잔뜩 웅크린 채 주변을 살폈다. 그 순간 위지혁이 혀를 빼물고 귀신흉내를 냈다.

"으아악!"

소대령이 비명을 지르며 엉덩방아를 찧는 순간 흙먼지가 피어올랐다. 이것만 보아도 오랫동안 방치된 곳이 분명했다.

"뭣들 하는 거야!"

적운비가 눈살을 찌푸리며 외치자, 관도들은 움찔하며 위지혁을 노려봤다.

"아! 왜? 어차피 여기서 할 일도 없잖아?"

위지혁이 발아래 돌을 걷어차며 투덜거렸다.

적운비가 진지한 표정으로 말했다.

"오늘 우리는 무당파의 중흥이라는 중차대한 사명을 띠고 이곳에 온 것이다!"

관도들이 일제히 눈을 동그랗게 떴다.

'응?'

적운비는 관도들의 시선을 받으며 옛 이야기를 하듯이 목소리를 깔았다.

"풍랑도록에 이르길 무당산의 절반은 오후에만 빛을 받는다고 했어. 산 전체가 햇빛을 받을 수는 없을 테니 당연한 말이겠지. 한데 일성록에서는 정오에 비치는 한 줄의 햇빛이야말로 무당의 진실된 기상이라고 하더라."

적운비의 말이 이어질수록 관도들은 의아한 표정을 지었다.

풍랑도록이나 일성록이나 모두 수련관의 서재인 만서고에 구비된 수많은 책 중 하나였다. 하나 수련관에 진본이 있을 턱이 없고, 대단한 책이 있을 리 만무했다.

그렇지만 수련을 제외하면 서고에서 살다시피 하는 녀석이 빈말을 늘어놓는 것은 아니리라.

관도들은 별 생각 없이 묵묵히 낡은 도관을 거니는 적운비를 쫓았다. 반면 적운비의 영문 모를 소리는 계속 이어졌다.

"하북지리록에 의하면 무당산은 산세와 물줄기가 절묘

하게 조화를 이뤄서 영산이라 불리기에 부족함이 없다고
하더라. 또한 무당산의 기운은 가장 정순한 곳으로 모여드
니 햇빛조차 두 번을 마주하기 부끄러워하더라."

관도들의 호기심이 점점 강해졌다.

도대체 뭘 어쩌자는 것인가?

"무당기담에서 말하길 진무대제 이후 가장 위대한 무인
을 꼽자면 누구나 검천위(劍天位) 천학자를 거론할 것이라
했다. 천학자는 무당의 진실된 기상이며 무당의 정순한 기
운을 온몸으로 받아들인 절대고수라고 하더라."

"어……."

소대령이 눈을 휘둥그레 뜨며 한쪽을 가리켰다.

관도들의 시선이 소대령의 손가락을 좇았다.

"어!"

이구동성으로 터져 나온 탄성.

이곳은 사방이 수풀로 우거져서 하늘을 보기조차 어려울
정도였다.

한데 지금 이 순간 하늘을 가리며 수없이 겹쳐진 나뭇가
지 사이로 스며드는 것이 있었다.

한 줄기의 빛.

일성록에서 말하던 그 빛이다.

빛은 점점 강해진다.

먼지가 반짝이며 와류를 그리더니 빛을 향해 달려드는 것처럼 보였다.

적운비는 빙긋 웃으며 말을 이었다.

"무당지력에 따르면 천학자가 머물던 천학도관은 무당산에서 가장 정기가 강한 곳에 세워졌다고 했어. 하지만 그후 환란을 겪으며 그 터를 보존하지 못했지. 그래서 후대는 안전을 이유로 천학자의 위패를 본산으로 옮기고, 새롭게 천학도관을 세워 명소로 삼았다더라."

그 순간 점점 강해지는 빛줄기가 서서히 이동하며 낡은 도관을 비추기 시작했다.

적운비는 도관을 등지고 있는 탓에 마치 등 뒤에서 광휘가 솟구치는 듯한 모양새였다.

관도들이 멍하니 응시하는 사이 나직한 한 마디가 흘러나왔다.

"환영한다."

적운비는 양팔을 벌리고 접객을 하듯 허리를 숙였다.

"천학도관에 온 것을……."

토 달기 좋아하던 위지혁도, 감정을 드러내는 것이 익숙한 소대령도 이 순간 아무 말도 하지 못한 채 눈을 휘둥그레 뜨고 있을 뿐이었다.

적운비는 장난기를 지우고 근엄한 표정을 보였다.

"뭐 해? 예를 표해야지!"

적운비를 필두로 관도들은 손을 모으며 예를 표했다. 이렇게 써먹을 것이라고는 생각지도 못했으니 관도들의 자세는 어색하기 그지없다.

반면 적운비는 마치 이학인이 시범을 보였던 것처럼 완벽한 자세로 예를 표하는 것이 아닌가.

"청송관의 운비가 천학 조사께 인사 올립니다."

관도들은 더듬거리며 적운비의 말을 따라 했다.

'이제 뭘 해야 하지?'

'언제까지 이러고 있어야 하는 거야?'

그 순간 적운비가 빙긋 웃으며 돌아섰다.

평소처럼 반짝이는 눈동자와 장난기 가득한 미소가 보였다.

"이제 찾자!"

소대령이 소처럼 큰 눈망울을 끔뻑이며 물었다.

"뭘? 뭘 찾아?"

적운비는 환하게 웃으며 도관을 가리켰다.

"천학 조사님의 유물을 찾는 거다!"

"에엑!"

관도들은 눈을 휘둥그레 뜬 채 쉬이 걸음을 내딛지 못했다.

낡은 도관은 더 이상 을씨년스럽지도, 더럽지도 않았다. 천학도관이라는 것을 알았으니 몸과 마음을 정숙히 해야 하지 않겠는가.

굴러다니는 자갈조차 빛이 나는 것처럼 보였다.

"저기를 뒤지라고?"

위지혁은 차마 손가락질은 하지 못하고, 두 손으로 천학도관을 가리켰다.

하나 적운비는 제가 매일 청소하는 뒷간을 대하듯 대수롭지 않게 말했다.

"응, 그러려고 온 거야."

위지혁은 놀란 표정으로 읊조렸다.

"미친놈. 이제는 아예 대놓고 미쳤구나."

그 순간 적운비가 엄지를 추켜세우며 말했다.

"관주님께 이미 허락받았다. 오늘 일은 처음부터 끝까지 안전해!"

"허락을 하셨다고?"

"그래, 천학도관은 지금이야 찾는 이가 없다지만, 한때 무당의 역사가 살아 숨 쉬던 곳이었어. 관주님께서도 한 번쯤 찾아가 보는 건 나쁘지 않다고 하셨다."

위지혁은 혀를 차며 고개를 내저었다.

"그게 뒤져도 된다는 허락은 아닌 것 같은데?"

적운비는 어깨를 으쓱거렸다.

"불경한 언행만 조심한다면 문제 될 게 없지. 만약 뭐라도 찾으면 그야말로 무당파 전체가 뒤집힐 만한 경사가 아니겠냐?"

"그거야 그렇지만……."

적운비는 관도들을 유혹하듯 목소리를 낮췄다.

"만약 찾으면 정식제자가 되는 건 당연!"

"헉!"

유혹은 계속됐다.

"잘하면 역사에 이름을 새길지도."

관도들의 표정이 황홀경으로 물들었다.

"그, 그렇구나."

"그, 그럼 어디 한번 해 볼까?"

적운비가 길을 여는 순간 관도들은 하나둘씩 공터로 향했다.

"경건한 마음으로 찾는 거 잊지 마! 불경한 마음 먹으면 벌 받는다."

적운비는 관도들이 메뚜기 떼처럼 흩어지는 것을 보며 피식 웃었다.

"어디! 나도 한번 찾아볼까?"

천학도관의 내부에는 제대로 된 물건을 찾아볼 수가 없

을 만큼 낡고, 어두웠다.

찢어진 족자, 깨진 자기, 부러진 의자를 비롯해 여기저기서 솟아난 잡풀이 가득했다.

한데 그중 적운비의 시선을 잡아끈 것이 있었다.

'흠…….'

도인이 두 개의 검을 쥐고, 제단(祭壇)에 서 있는 족자였다. 물론 족자는 도인의 외모조차 제대로 파악하지 못할 만큼 훼손된 상태였다.

다만 왠지 모르게 손바닥만 한 족자의 흔적을 보는 순간 머릿속으로 그 모습이 그려진 것이다.

'양의심법을 마지막으로 대성하신 분이었지.'

무당파의 무학 중 손꼽히는 것이 바로 양의심법이었다. 마음의 무공, 조화의 무공으로 불리며 무당 무학의 정점에 속한 절세의 기공인 것이다.

사서에 이르길 양의심법을 마지막으로 대성한 사람이 검천위였고, 그가 실종되면서 무당파는 양의심법을 잃었다고 했다.

'참으로 멋진 분이시구나.'

적운비는 쌍검을 쥐고 있는 검천위에게서 시선을 떼지 못했다.

잠시 후 적운비는 눈을 가늘게 뜨고 다른 것이 없는지 찾았다. 하나 표구 자체가 뜯겨져 나갔기에 알아볼 수 있는 글자가 거의 없었다.

'구…… 무?'

구(九)와 무(無)라는 두 글자가 전부였다.

적운비는 퇴색된 족자의 조각들을 찾아보았지만, 더 이상 어울리는 것을 찾지 못했다.

하나 이런 물건이 어디 한두 개랴.

'어!'

적운비는 나직이 탄성을 흘렸다.

지금 그는 도관 안에서 족자를 등지고 입구를 쳐다보는 상태였다. 한데 도관 밖의 작은 언덕이 시선을 사로잡은 것이다.

어차피 천학도관 자체가 분지 안에 자리 잡았기에 사방이 언덕일 터였다.

한데 저곳은 왠지 느낌이 달랐다.

언덕의 정면에는 계단의 흔적이 남아 있었다.

비록 산산이 깨지고 흩어져서 터만 보였지만, 분명히 주변의 언덕과는 달랐다.

그리고 마침내 그 이유를 찾을 수 있었다.

'제단! 족자에 있던 제단이 저기로구나!'

적운비는 시선을 집중한 채 도관 밖으로 나섰다.

그러고는 조심스럽게 언덕을 올랐다.

일부러 계단으로 보이는 곳만 밟았다.

본능적으로 자신이 모르는 무언가가 있음을 눈치챘기 때문이다.

이 장 남짓한 언덕의 정상.

적운비는 주변을 살피고는 이내 실망스런 표정을 지었다. 어차피 빛이 들어오는 공간을 제외하면 사방은 수풀로 가득했다.

'쯧, 내가 잘못 생각했나?'

그때 계단을 내려오던 적운비가 불현듯 걸음을 멈췄다.

그의 시선은 자신의 발 아래로 향했고, 계단의 흔적에 꽂혀 있었다.

적운비는 몸을 돌려 발끝으로 계단에 섰다.

"설마……."

계단을 이루던 청석은 부서지고, 으스러져서 원형을 찾기가 힘들었다.

하나 적운비는 거미줄처럼 갈라진 청석을 내려다보며 미동조차 하지 않았다.

'폭이…….'

잠시 후 적운비는 다시 한 번 계단을 올랐다.

하나 처음과 달리 등선로에서 청소를 할 때처럼 건곤보

를 펼치며 올라갔다.

그리고 정상에 섰을 때 적운비의 얼굴은 경악으로 물들어 있었다.

"맙소사!"

같다. 이 계단의 폭은 등선로와 같았다.

적운비는 자신도 모르게 마른 입술을 핥았다.

계단의 넓이와 높이는 정확하게 건곤보를 펼칠 때와 일치했다.

그렇기에 이번에는 머뭇거림 없이 한달음에 언덕을 올랐다.

'아······.'

하지만 처음과 다를 바가 없었다.

여전히 사방이 숲이다.

우연이다. 우연일 수밖에 없었다.

적운비는 아쉬운 마음을 이기지 못하고 도관 입구에 쪼그려 앉았다.

"에휴, 좋다 말았네."

한데 멍하니 제단을 쳐다보던 적운비가 불현듯 눈을 휘둥그레 뜨며 하늘을 쳐다봤다.

천학도관을 비추던 한 줄기 햇빛.

무당의 기상과 기운을 그대로 표현한다는 그 빛.

그 빛이 시간의 흐름을 따라 천학도관에서 제단의 계단으로 이동하고 있었다.

적운비는 눈을 부릅뜬 채 햇빛과 마주했다.

쏴아아—

어디선가 불어온 한 줄기 바람이 폐부를 스치는 순간 전신에 소름이 돋았다.

'맙소사!'

햇빛이 가장 아래 있는 계단에 닿은 것이다.

한데 빛이 닿는 순간 수없이 갈라진 청석이 번뜩이는 것처럼 느껴졌다.

빛을 흡수하는 것처럼 말이다.

부서지고, 갈라진 청석 사이로 사라지는 빛.

그것은 거미줄처럼 얽히고설켜서 마치 미로와 같은 형태를 드러내고 있지 않은가.

적운비는 두 눈을 부릅뜬 상태로 나직이 읊조렸다.

'계단은 부서진 게 아니었어.'

돌과 돌의 경계였던 수많은 선(線)이 빛을 머금고 시계를 어지럽혔다.

그것은 마치 빛의 길처럼 화려했다.

'원래부터 저런 모양이었던 거야!'

적운비의 눈동자는 빛에 홀린 것처럼 확장됐고, 눈앞에

보이는 모든 것을 담기 시작했다.

쏴아아—

햇빛은 바람에 밀려났는지, 시간이 흘러서인지 두 번째 계단으로 향했다.

마치 빛이 계단을 오르는 듯한 형국이다.

이번에도 여지없이 청석 사이로 스며드는 햇빛.

다시 한 번 눈앞을 수많은 선이 춤을 췄다.

세 번째도, 네 번째도, 다섯 번째도……

무당의 가장 정순한 기운이라는 햇빛은 이렇게 시간의 흐름에 따라 계단을 오르고 있었다.

적운비는 그렇게 드러난 모든 선들을 하나도 빼놓지 않고 기억에 새겼다.

아홉 개의 계단에서 발견한 아홉 개의 미로.

그것은 보법(步法)의 형(形)일 수도 있고, 심법(心法)의 흐름일 수도 있고, 검법의 검로(劍路)일 수도 있을 것이다.

다만 한 가지만은 확신할 수 있었다.

검천위의 유진(遺塵)

그러니 단 한 줄의 선도 놓칠 수 없다!

하나 적운비로서는 기억하는 것만으로도 힘에 부치는 형편이었다.

햇빛의 이동은 느릿하기만 하다.

눈이 찢어질 것처럼 따가웠지만, 단 한 순간도 시선을 떼고 싶지 않았다. 아니, 눈이라도 한 번 깜빡거리는 순간 모든 것이 물거품처럼 변해 버릴 것만 같았다.

'끄으. 헷갈리면 안 돼!'

이내 눈동자의 실핏줄이 터져서 핏빛을 띤다.

제아무리 적운비라고 해도 한계는 있었다.

그만큼 미로(迷路)는 복잡했다.

하나 적운비는 하나라도 놓칠까 두려워 참고 또 참았다. 그러나 심신을 극한까지 몰아붙이는 고통은 인내심만으로 이겨낼 수 있는 것이 아니었다.

'끄으으!'

결국 적운비는 한계에 이르렀다.

그 순간 아슬아슬하게도 햇빛은 언덕의 정상을 쓰다듬으며 제 역할을 다하였다.

하지만 적운비는 여전히 미동조차 하지 않았다.

호흡은 끊어질 듯이 가늘었고, 눈동자는 넋이라도 나간 것처럼 몽롱했다.

'여기서 여기까지, 그리고 이쪽으로…….'

적운비는 뇌리에 기억된 수많은 미로(迷路)를 가슴에 새기며 정리를 하는 중이었다.

영겁처럼 무한하게 이어지는 심상의 순간.

‘각인!’

적운비가 스스로 납득하는 순간 창백했던 얼굴에 혈색이 돌았고, 눈동자는 조금씩 초점을 되찾았다.

그리고 마침내 불순한 것을 토해 내는 듯한 긴 한숨이 이어졌다.

“후우…….”

적운비는 기분 좋은 미소를 머금었다.

정확하게 무엇을 얻었다고 말할 수는 없다.

하지만 반드시 전해졌다고 장담할 수는 있다.

‘천학 진인께서 전해 주신 것.’

무당파 역사상 가장 많은 무공을 가장 완벽하게 익혔던 절대고수의 흔적을 찾아낸 것이다.

비록 지금은 미로처럼 복잡하기만 하지만, 언제고 반드시 풀어낼 길이 생길 게다.

적운비는 자신이 있었고, 그래야만 한다고 다짐했다. 잠시 후 절로 허리가 굽혀졌고, 자연스레 두 손이 모였다.

눈시울이 붉어질 정도로 감격스럽고, 감사했다.

그렇기에 적운비의 예는 처음보다 훨씬 더 길었고, 경건했다.

‘진인께서 남기신 것, 제자가 반드시 후대에 전하겠습니다.’

　　　　　*　　　　　*　　　　　*

　위지혁은 폐허를 앞에 두고 인사를 하는 적운비를 보며 미간을 찡그렸다.

　저 녀석이야 아무리 특이한 행동을 해도 이상하지 않았지만, 그래도 정도라는 게 있지 않던가.

　"야! 뭐 해?"

　위지혁은 적운비의 어깨를 툭 치고는 본인이 더 놀람을 감추지 못했다.

　실연이라도 당한 사람처럼 눈이 빨갛다.

　그럼에도 불구하고 입가에는 사랑에 빠진 사람처럼 환한 미소가 가득하지 않은가. 그러고 보니 평소보다 홍조를 띤 얼굴도 부담스럽기 그지없었다.

　'미쳤나?'

　위지혁은 더듬거리며 되물었다.

　"뭐, 뭐야? 너 왜 그래!"

　적운비는 피식 웃으며 어깨를 으쓱거렸다.

　"응? 뭐가?"

　"방금 너 엄청 이상했어."

　"그래?"

위지혁은 슬그머니 주변을 살피며 말했다.

"그래! 아무것도 없는 언덕을 보고 인사까지 했잖아. 귀신이라도 본 거야?"

적운비는 잠시 제단을 살피다 피식 웃었다.

자신이 본 것을 어떻게 설명할 것이며, 어떻게 증명할 수 있을까? 눈으로 보고, 마음에 새겼음에도 여전히 꿈만 같은 상황이 아닌가.

설령 의논한다고 해도 그 대상은 위지혁이 아닌 이학인이 되어야 할 것이다.

적운비는 슬며시 돌아서며 눈을 부릅떴다.

그러고는 위지혁의 어깨 너머를 가리키며 턱을 파르르 떨었다.

"귀, 귀신이다."

"으아악!"

위지혁이 화들짝 놀라며 뛰쳐나갔고, 관도들은 그제야 깔깔거리며 모여들었다.

특히 위지혁에게 놀림을 받았던 소대령이 가장 크게 웃었다.

"임마! 경건한 마음으로 찾아야 한다며?"

적운비는 위지혁의 투덜거림을 웃음으로 화답했다.

"하하하! 네가 그렇게 딴 짓을 하는 사이에 보물은 다른 아이들이 찾을걸?"

그러자 위지혁이 슬그머니 눈치를 보며 물었다.

"그런데 정말로 여기서 뭔가를 찾을 수 있을 거라고 생각하는 거야?"

적운비는 혀를 내밀며 히죽 웃었다.

"그건 아무도 모르지."

하나 오늘만은 위지혁도 그냥 물러설 수 없었다.

"여기 누가 알려 준 거야?"

"내가 찾았는데."

위지혁은 의미심장한 미소를 보였다.

"그럴 줄 알았어. 너라면 이 책, 저 책 흩어져 있는 몇 줄의 문구만 가지고도 찾아낼 만하지. 나한테만 말해 봐. 뭔가 있는 거지?"

적운비는 위지혁의 눈을 빤히 쳐다봤다.

사실 천학도관에 온 진짜 이유는 따로 있었다.

그러나 위지혁에게 말해 줄 수는 없었다.

적운비는 혀를 빼물며 키득거렸다.

"알게 뭐야."

"뭐, 뭐?"

적운비의 얼굴에는 장난기가 가득했다.

"그런 불경한 생각으로 찾았을 리가 없잖아. 그냥 책 보다 보니까 우연히 발견한 거라고. 천학도관 정도면 한 번쯤 구경해 봐야 하지 않겠냐?”

“그거야 그렇지.”

“그런데 뭐가 문제야?”

위지혁은 짜증 섞인 표정으로 되물었다.

“뭐야? 그럼 내일부터는 여기 안 와?”

적운비는 어깨를 으쓱거렸다.

“알게 뭐야. 오고 싶으면 오고, 가고 싶으면 가는 거지. 네 마음대로 해.”

위지혁은 적운비를 보며 입매를 실룩거렸다.

알 수가 없다. 도저히 알 수가 없어.

저놈의 머릿속에는 뭐가 들어 있는지 짐작조차 할 수가 없었다.

매사에 진지한 것 같다가도 장난만 치고, 뭔가 대단한 일을 생각하는 것 같다 했더니 잡생각인 경우가 다반사였다.

그러나 시간이 지난 후 돌이켜보았을 때 단 한 번도 무의미했던 언행이 없지 않은가.

‘이번에는 도대체 뭐냐?’

적운비는 위지혁의 뜨거운(?) 시선을 받으면서도 언덕을 쳐다보고 있었다.

한데 그 순간 관도들이 언덕으로 몰려들었다.

그러지 않아도 적운비가 이상한 행동을 했고, 심지어 인사까지 했던 곳이 아닌가.

귀신이 없다면 두려울 것이 없다.

게다가 적운비는 무리 중에서 가장 현명했다.

그렇다면 더 이상 머뭇거릴 이유가 없다.

뭔가 있다!

"뒤지자!"

"먼저 찾는 사람이 임자!"

"하하하! 내가 제일 먼저 정상에 올랐지롱!"

관도들은 흙먼지가 묻고, 깨진 돌조각에 옷이 찢기는 것도 마다하지 않았다.

"야!"

적운비는 그 모습에 경악을 금치 못했다.

천학 진인의 유산이…….

'응?'

적운비는 한순간 눈을 휘둥그레 떴다.

관도들은 마치 언덕의 모든 것을 파헤칠 것처럼 뽑고, 들고, 내던졌다.

하나 아홉 개의 계단은 관도들이 건드리지 않았음에도 불구하고 이미 가루로 변하여 흩어진 뒤였다.

마치 효용이 다한 것처럼…….

‘나는 그저 보기만 한 것이 아닌가?’

적운비는 남몰래 다시 한 번 목례를 했다.

‘감사했습니다.’

그러고는 제단의 반대편을 가리키며 소리쳤다.

“어! 저기 반짝거리는 게 있다!”

적운비의 외침에 관도들은 먹이를 찾은 승냥이 떼처럼 눈을 번뜩였다.

“어디야!”

적운비는 대답 대신 달리기 시작했다.

관도들은 사냥감을 쫓는 것처럼 그 뒤를 따랐다.

그렇게 도착한 곳은 무너진 담장의 반대편이었다.

적운비는 달려드는 관도들을 향해 투정을 부리듯 소리쳤다.

“야! 거기는 내가 찜해 놓은 곳이야. 다들 비켜!”

적운비의 외침에 관도들은 더욱 열성적으로 몰려들었다.

“하하! 찾아라! 찾아!”

언제나 그랬듯 자연스러운 광경이다.

적운비는 슬며시 관도들의 틈바구니에서 물러섰다.

그러고는 천학도관의 풍광을 눈에 담았다.

한데 그사이 달라진 것은 제단뿐이 아니었다.

천학도관 자체가 마치 용도를 다한 것처럼 자연스러움을

잃었고, 완전한 폐허가 되어 고즈넉한 기운만 풍기고 있지 않은가.

적운비는 다시 한 번 손을 모으고 경건하게 고개를 숙였다.

그 순간 천학도관을 비추던 한 줄기 빛이 완전히 공터에서 모습을 감췄다.

정오가 지난 것이다.

第五章
반골(反骨)과
소악귀(小惡鬼)

관도들은 흙투성이가 된 채로 걷고 있었다.

"아! 이게 뭐야? 이 옷은 아버님께서 금홍 포목점에 직접 의뢰해서 만든……."

위지혁의 투덜거림은 관도들의 웃음에 금세 묻혀 버렸다. 나뭇가지에 옷이 찢거나, 구멍이 난 관도들이 한두 명이 아니었다.

그럼에도 불구하고 관도들의 웃음은 끊이지를 않았다. 천학도관에서 보낸 시간은 그만큼 즐거웠던 것이다.

보물찾기는 어느새 술래잡기로 바뀌었고, 경건함은 친밀감으로 바뀐 지 오래였다.

관도들은 오랜만에 그야말로 신명 나게 뛰어놀았던 것이
다.

"수련만 하다가 간만에 아무 생각 없이 노니까 너무 재
밌네."

"연무장을 뛸 때보다 바닥은 울퉁불퉁해도 훨씬 마음이
편하더라."

"하하하! 그래서 그렇게 쉽게 잡혔냐?"

"너 혼자 술래를 너무 오래해서 일부러 잡혀 준 거야. 이
거 왜 이래!"

"대령이는 무너진 담 뒤에 숨었는데 차마 못 잡겠더라.
안 보이려고 꿈틀거리는 게 어찌나 웃기던지. 하하하."

"이, 일부러 연기한 거야."

"퍽이나!"

위지혁은 입술을 삐죽이며 뒤처졌다.

관도들과 함께 신 나게 놀은 만큼 적운비에 대한 경쟁심
이 더욱 커진 게다.

한데 적운비가 걸음을 늦추더니 위지혁의 어깨를 감쌌
다.

"꿰매 입으면 되잖아. 너무 우울해하지 마라."

"아! 이거 왜 이래. 나 운해상단의 후계자야. 내가 누더
기를 입을 것 같으냐."

적운비는 키득거리더니 말했다.

"그럼 인상 펴. 이깟 옷쯤이야 몇 벌이나 살 수 있잖아. 부자가 쪼잔하게 왜 이래."

그 순간 위지혁의 뇌리에는 절약의 대가라 불리는 아비의 얼굴이 떠올랐다.

하나 이제 와서 약한 모습을 보일 수는 없지 않은가.

"그, 그거야 그렇지."

위지혁이 속으로 울상을 짓는 순간 적운비의 담담한 한마디가 귓가를 스쳤다.

"어쨌든 너도 잘했다."

"응? 뭐가?"

하나 적운비는 이미 저만큼 앞으로 나간 뒤였다.

위지혁은 입술을 삐죽이며 걸음을 재촉했다.

"야! 말을 하려면 다 하라고! 훅 던지고 가는 게 멋있는 줄 아냐? 내가 그렇게 우습게……."

적운비와 관도들이 갈림길을 두고 멈춰 서 있었다.

위지혁은 덩달아 말끝을 흐리며 옆에 있는 관도에게 물었다.

"왜 그래?"

관도는 인상을 쓰며 하늘을 가리켰다.

"시간이 너무 지났는데?"

위지혁은 별 생각 없이 하늘을 보고 눈을 휘둥그레 떴다.

적운비를 비롯한 모두가 대충 한 시진 정도 놀았다고 여겼다. 한데 해의 위치는 관도들의 예상보다 반 시진만큼 더 이동한 상태가 아닌가.

천학도관 자체가 청송관과 멀리 떨어진 탓에 뛰어간다고 해도 늦을 것이 자명했다.

"이리 가자. 여기가 지름길이야."

적운비는 관도들이 왔던 길이 아닌 반대편 길을 가리켰다.

"그쪽은 상청관 방향이잖아. 가다가 그놈들하고 마주칠 것 같은데……."

"규칙에도 관주님 허락 없이 수련제자끼리 만나면 안 되잖아. 관주님도 안 계신데 괜히 사고라도 치면 우리 정말 큰일 나. 그냥 늦더라도 우리 길로 가자."

적운비는 피식 웃으며 상청관 방향을 가리켰다.

"상청관이 우리보다 나은 점은 단 하나야."

"……."

"뒷간 냄새가 우리보다 심하더라."

관도들은 한순간 상황을 잊고 폭소를 터트렸다.

위지혁이 웬일인지 적운비를 대신해 나섰다.

"어차피 지금은 오후 수련 때문에 이동하고 있을 시간이야, 그 녀석들하고 만날 일 없어. 지름길로 가자.”

“네가 웬일이야? 운비 말에 찬성을 다 하고?”

소대령의 말에 위지혁은 인상을 썼다.

“찬성은 무슨! 우리 벌점 아슬아슬한 거 모르냐? 나만 벌점 있어? 요 며칠 우리가 조용했다고 잊어버렸나 본데…… 우리 잘못하면 다 퇴관이다.”

관도들의 얼굴이 일제히 경직됐다.

적운비를 탓하는 것이 아니라 어찌 됐든 위지혁의 말처럼 아슬아슬한 것은 사실이 아닌가.

“가자.”

적운비가 앞장을 섰다.

그러고는 돌격 대장처럼 전방을 가리키며 외쳤다.

“이번에도 내가 책임진다! 하하하”

하늘은 참으로 시험하기를 좋아하는가 보다.

적운비는 몇 걸음 걷기도 전에 책임져야 할 상황을 마주해야 했다.

“너희 뭐야?”

뾰족한 얼굴을 한 녀석이 길을 막았다.

관도들은 녀석의 옷을 확인하는 순간 저절로 인상을 찌푸렸다.

‘상청관이잖아?’

‘수련 시간인데 왜 여기 있는 거지?’

관도들이 우물쭈물하는 사이 상청관도가 몰려들었다.

“청송관도잖아.”

“이것들이 왜 여기서 와?”

예닐곱 명 정도의 상청관도들은 삐딱한 자세로 떠들어 댔다. 그 뒤로 모습을 드러낸 것은 상청관의 대장 격인 성호림이었다.

“뭐냐?”

상청관도들은 키득거리며 말했다.

“호림아, 청송관 애들이 왔는데?”

“크큭! 길이라도 잃어버린 거 아니야?”

“모자란 녀석들이니 그럴 만도 하지.”

상청관의 관도들은 같은 수련생을 대하면서도 거리낌이 없었다. 그들에게 있어서 사람은 강약으로 판단되는 존재였고, 청송관은 명백히 약(弱)에 속했기 때문이다.

게다가 정사지간 출신이니 바른 인성을 기대하기란 애초부터 무리였다.

“청송관? 비켜 봐.”

성호림의 말에 관도들이 길을 열었다.

“진짜네. 청송관이잖아?”

덩치는 소대령과 비슷했지만, 물렁살이 아닌 근육이 불끈거리는 녀석이었다.

성호림의 눈동자가 재밌는 장난감을 발견한 사람처럼 번들거렸다.

"뭐야? 무슨 일 있어?"

뒤늦게 도착한 적운비가 관도들을 헤치고 앞으로 나섰다. 하나 적운비는 다른 관도들과는 달리 놀라지 않았다.

오히려 상청관도들을 타이르듯 말했다.

"여기서 뭐 하냐? 너희는 수련 없냐?"

성호림은 헛웃음을 흘리더니 인상을 썼다.

"네가 뭔데 우리 수련까지 신경 쓰는 거냐?"

그 순간 적운비는 청송관도들을 경악하게 만드는 한 마디를 내뱉었다.

"이러다 청송관한테 밀리고 핑계 댈까봐 그러는 거다. 왜?"

소대령은 눈을 질끈 감았고, 위지혁은 눈을 휘둥그레 떴다.

'저, 저게 미쳤나! 그냥 지나가면 되지. 왜 도발을 하는 거야!'

아니나 다를까 성호림을 비롯한 상청관도들이 일제히 인상을 쓰며 나섰다.

성호림은 관도들을 제지하며 적운비를 노려봤다.

"지금 뭐라고 했냐?"

"진무제에서 밟히기 싫으면 농땡이 부리지 말라는 거다."

성호림은 눈빛이 적의로 불타올랐다.

하나 적운비는 무슨 생각인지 계속해서 성호림을 도발했다.

"지금이라도 연무장으로 돌아가! 상청관주님께서 너희들을 찾고 계실 거다."

성호림은 폭소를 터트렸다.

"하하하! 이 자식, 완전 미쳤네. 내가 누군지나 알고 그러는 거냐? 너 도대체 뭐냐?"

적운비는 히죽 웃으며 말했다.

"적운비다."

"적운비? 육포 훔치고 똥 치우러 다니는 놈?"

성호림이 비아냥거렸지만, 적운비는 대수롭지 않게 고개를 끄덕였다.

"맞아. 그러는 너는 몰래 술 처마시고, 뒷간에서 춘화집이나 보는 성호림이지?"

성호림은 어처구니가 없는지 헛웃음을 흘렸다.

"하아, 이 자식 봐라?"

상청관도들이 우르르 나섰다.

"호림아, 이대로 있을 거냐?"

성호림은 맨 처음 청송관도들을 막았던 관도를 향해 턱짓을 했다.

"야! 망 봐."

그러고는 목을 꺾고 주먹을 불끈 쥐며 투기를 드러내는 것이 아닌가.

청송관도들은 그 모습에 겁을 먹지 않을 수가 없었다.

성호림은 수련관에서도 악명이 자자했다.

같은 상청관도라고 해도 자신의 말을 듣지 않으면 괴롭히거나 때리기 일쑤라지 않던가.

게다가 호북 남부에서 악명이 높은 호사방(湖四幇)의 직계인지라 배경까지 든든했다. 기부금으로 사고를 덮은 게 벌써 몇 번째라는 풍문이 돌 정도였다.

'어, 어떻게 하지?'

'운비가 해결할 거야.'

위지혁은 짜증 섞인 눈빛으로 적운비의 등을 노려봤다.

'왜 상황을 악화시키는 거지? 왜 그러는 거냐?'

지금껏 적운비와 매일같이 함께했지만, 이처럼 냉소적인 모습은 처음 보았기 때문이다.

항상 앞장서서 일을 벌이지만, 결코 무모한 녀석은 아니

었다. 용기와 만용, 자유와 방종을 구분하던 녀석이란 말이
다.

한데 이 녀석은 어째서 불필요한 시비를 걸고 있는 것일
까?

평소와는 너무도 다른 모습이기에 오히려 의아한 마음이
더 컸다.

'뭔가 믿는 구석이 있는 건가?'

반면 성호림은 당당한 적운비와는 상반되게 겁먹은 청송
관도들을 보며 키득거렸다.

"크큭! 저런 허약한 놈들이 우리를 이긴다고?"

청송관도들은 슬그머니 시선을 피했다.

한데 그 순간 적운비의 서늘한 한 마디가 흘러나왔다.

"너보다 몇 배는 열심히 수련했다. 입관하기 전에 배운
무공을 가지고 거들먹거리는 너 따위가 비웃을 만한 애들
이 아니야."

"크하하! 아직도 근성과 열정 같은 말을 하는 놈이 남아
있었네?"

상청관도들이 성호림을 따라 비아냥거렸다.

"하하하! 세상이 어떻게 돌아가는지를 모르네."

"우리 형님이 그러시더라. 낭만 찾다가 거지 되고, 열정
운운하다가 칼 맞는다고 말이야."

"키킥! 맞아, 맞아!"

무당파의 수련생이라고는 생각할 수도 없는 천박한 언사가 쉴 새 없이 쏟아졌다. 하나 상청관도 중 누구도 말리거나 제지하지 않았다.

아니, 애초에 그럴 관도였으면 수련 시간에 딴짓을 할 리가 없지 않은가.

그런 녀석들끼리 모인 것이다.

적운비는 오히려 혀를 차며 말을 이었다.

"너희들은 우물 안 개구리처럼 그 정도의 세상에 만족하고 살아라."

"뭐?"

"그 정도라면 다시 엮일 일도 없겠지. 가자."

적운비는 거침없이 걸음을 옮겼다.

오히려 상청관도들이 주춤거리며 비켜설 정도였다. 한데 성호림이 막아섰다.

"세상 무서운 줄 모르는 녀석들에게는 주먹이 약이라더라."

성호림이 주먹을 쥐는 순간 생각지도 못한 곳에서 짜증 섞인 외침이 튀어나왔다.

"젠장! 같은 수련제자끼리 말 엿같이 하네."

적운비는 눈을 동그랗게 뜨고 외침의 주인공을 쳐다봤

다.

'오홋, 네가 처음일 줄이야. 하지만 그래서 더 문제로군. 이것 참…….'

위지혁은 눈을 매섭게 뜨고 상청관도들을 노려봤다. 그 역시 호북십대상단인 운해상단의 후계자가 아닌가.

비록 성취가 부족해서 청송관에 있다지만, 욕먹는 것이 기분 좋을 리 만무했다.

그리고 무엇보다 적운비에 대한 신뢰가 있었다.

"뭐? 뭘 봐? 칠 거냐? 쳐 봐!"

위지혁의 발악과도 같은 외침에 한순간 성호림이 주춤거려야 했다.

'기부금은 운해상단도 뒤지지 않아!'

자랑할 거리가 아니라는 정도는 알기에 마음속에서만 맴도는 뒷말이었다.

뭐든지 처음이 어렵다는 말이 있다.

잔뜩 주눅 들어 있던 소대령까지 앞으로 나선 것이다. 그는 솥뚜껑만 한 손바닥을 펼치며 자세를 취했다.

"우리 운비를 건드리면 가만 안 둔다!"

이 상황에서 적운비를 챙기려는 모습이 참으로 눈물겹다. 하나 위지혁은 처음으로 소대령을 든든하게 여겼다.

'그런데 지금은 나를 챙겼어야 하는 것 아닌가?'

위지혁이 소대령의 진위를 가릴 사이도 없이 관도들도 앞으로 나섰다.

한데 막상 나서고 보니 상청관도가 그리 위협적으로 느껴지지 않았다. 빛바랜 눈동자와 축 처진 어깨를 보니 왜 그리 겁을 냈었나 하는 의문이 들 정도였다.

오히려 궁지에 몰린 쥐처럼 뭉쳐 있을 때와는 다르게 기분 좋은 떨림이 온몸을 저릿하게 만들었다.

'그래, 난 혼자가 아니야.'

'운비 말대로 게으름을 피우지 않았어!'

'그러니 나는 좀 더 당당해져도 돼!'

청송관도라면 누구나 자연스럽게 떠올린 결의였다.

"이것들이 단체로 미쳤나!"

성호림과 상청관도들이 으르렁거리듯 소리치며 앞으로 나섰다.

가히 일촉즉발의 상황.

하지만 청송관도들은 결코 시선을 피하지 않았다. 오히려 어느새 적운비처럼 당당한 모습으로 상청관도들을 마주하고 있었다.

"진무제에서 당연히 밝히겠지만, 지금 밝히면 빼도 박도 못한다."

적운비의 웃음기 섞인 말에 성호림이 주춤거렸다.

“우리는 어차피 본전이다.”

“이익! 이 새끼가!”

성호림이 이를 갈며 적운비를 죽일 듯이 노려봤다.

하나 처음처럼 기세 좋게 달려들지는 못했다.

한 놈이라도 겁을 먹었다면 모르겠는데 모두가 너무 여유롭지 않은가.

행여 지기라도 한다면 개망신이다.

그러나 성호림은 결국 적운비의 능글맞은 웃음을 보고 주먹을 불끈 쥐었다.

이런 짜증을 참으면서까지 무당파에서 버틸 생각은 애초부터 없었기 때문이다.

한데 그 순간 준엄한 일갈이 공터를 휩쓸었다.

“이놈들! 지금 무엇 하는 것이냐?”

관도들은 공터에 들어서는 노도인을 보고 눈을 휘둥그레 떴다.

그러고는 일제히 허리를 숙이며 예를 표했다.

수련관의 총관주인 벽성자가 나타난 것이다.

“지금은 분명 수련 시간일 터, 어째서 여기에 모여 있는 것이냐?”

벽성자의 날카로운 눈매는 신경질적으로 비틀린 상태였다. 그도 그럴 것이 천룡학관의 입관을 목표로 매진해야 할 수련제자들이 스무 명 가까이 놀고 있으니 기분이 좋을 리 만무하다.

"그것이…… 지금 가고 있었습니다."

성호림은 지금까지와 달리 공손하게 대꾸했다.

상청관도들도 마찬가지였다. 불한당처럼 보였던 녀석들이 조심스럽게 행동하는 것이 아닌가.

"음…… 넌 성호림이 아니냐?"

성호림은 벽성자의 말에 헤죽 웃으며 말했다.

"예, 일전에 인사드렸습니다."

관도들은 서로를 쳐다보며 의아해했다.

일개 수련제자가 총관주와 마주할 일이 있던가?

하지만 의문은 금세 풀렸다.

"그래, 호사방주에게 얘기 들었다. 내가 관심 있게 보고 있으니 호사방에 누를 끼치지 않도록 열심히 수련하거라."

"그리하겠습니다."

벽성자는 턱짓으로 상청관을 가리켰다.

"어서 가거라."

성호림과 상청관도들은 청송관도들을 소리 없이 비웃으며 자리를 떴다.

한데 상청관도가 사라지자 벽성자의 눈매가 역팔자를 그렸다.

"청송관도가 어째서 이곳에 있는 거냐!"

적운비는 담담한 어조로 말을 이었다.

"천학도관에 견학을 갔다가 돌아가는 길입니다."

"천학도관? 그런 폐허에 무어 볼 것이 있다고 수련까지 빠진 것이냐! 청송관에 문제가 많다더니 헛말이 아니었군!"

벽성자의 싸늘한 어조에 적운비의 눈매가 한순간 꿈틀거렸다.

'폐허?'

아무것도 모르는 수련제자라면 그럴 수 있다.

하지만 무당의 중심축인 일대제자가 저렇듯 아무렇지도 않게 내뱉을 단어는 아니지 않는가.

벽성자는 아예 혀까지 차며 못마땅한 기색을 드러냈다.

"타고난 자질이 부족하면 노력이라도 해야 할 것이 아니냐!"

관도들은 본능적으로 직감했다.

'또 그 얘기인가?'

아니나 다를까 벽성자는 강호의 정세를 얘기하고, 천룡맹과의 공존을 강조했다. 그리고 천룡학관의 당위성을 논하며 청송관도들을 혼냈다.

그러던 중 벽성자의 시선이 적운비에게 닿았다. 결코 호의적이지 않은 눈빛이 마음에 걸린 것이다.

"네 이름이 적운비였지?"

감정의 고저가 느껴지지 않는 한 마디

"그렇습니다."

벽성자는 못마땅한 기색을 대놓고 드러냈다.

"벽천 사형께서 너를 왜 뽑았는지 도저히 모르겠구나. 너 혼자 천룡학관에 못 가는 건 상관없다. 하지만 네 동기들까지 나쁜 길로 끌어들이지는 마라. 네가 책임지지 못할 일은 하지 말란 말이다!"

적운비는 고개를 숙인 채 눈을 가늘게 떴다.

'책임?'

벽성자는 그 후에도 한참 동안 잔소리를 한 후 자리를 떴다.

적운비는 그런 벽성자의 뒷모습을 한참 동안 쳐다봤다. 그 어느 때보다 반짝이지만, 서늘함이 가득한 눈빛으로 말이다.

'이런 무당은 도대체 누가 책임지는 겁니까?'

*　　　*　　　*

늦은 밤 적운비는 이학인과 마주하고 있었다.

"벽성 사숙께서 안 좋은 말을 하시더구나."

적운비는 담담한 어조로 대꾸했다.

"드릴 말씀이 없습니다."

한데 이학인은 씁쓸한 표정으로 말을 이었다.

"나도 그 부분에 관해서는 할 말이 없구나."

"……."

촛불이 몇 차례 일렁이고 난 후였다.

이학인은 화제를 전환하며 적운비에게 물었다.

"그래, 어떻더냐?"

"다른 건 몰라도 건곤보 하나만은 태청관과 상청관에 뒤지지 않는다고 장담합니다."

"네가 그리 단호하게 말하는 건 입문할 때 이후 처음이 아니더냐?"

적운비는 벽천 진인에게 호언장담했을 때를 떠올리며 빙긋 웃었다.

"그만큼 녀석들은 열심히 했으니까요."

"네 덕이 크다."

적운비는 애써 겸손한 모습을 보이는 대신 이학인의 칭찬을 받아들였다.

이것은 자신뿐 아니라 청송관도들 전체에 해당하는 칭찬이 아니던가. 자연스럽게 천학도관을 뛰놀던 관도들의 모습이 떠올랐다.

　천학도관의 공터는 청석이 부서지고, 튀어나와 표면이 고르지 않았다. 게다가 오랜 세월 쌓인 낙엽과 나뭇가지로 인해 섣불리 걸음을 옮기기 어려웠다.

　한데 녀석들은 보물을 찾겠다는 마음으로 이리 뛰고, 저리 뛴다. 그것이 불편하다 보니 자연스럽게 건곤보를 운용하더라.

　그러한 녀석들의 모습은 참으로 자연스러웠다.

　애초에 적운비가 관도들과 함께 천학도관을 찾은 것은 그들의 건곤보에 관한 성취를 확인하기 위한 일종의 시험이었다.

　이학인이 즐거워하는 사이 적운비는 생각에 잠겼다. 자연스레 천학도관에서 찾아낸 미로가 떠오른 것이다.

　'어째야 하나?'

　아홉 계단에서 발견한 아홉 개의 미로.

　지금도 머릿속에 고스란히 남아 있지 않은가.

　한데 이것을 설명할 도리가 없었다.

　'어떻게 해야 하나?'

　이학인은 천문과 역학에 밝았다.

　혼자 고민하는 것보다는 도움을 청하는 것이 옳으리라. 하나 이번 일은 이학인에게만 국한되는 일이 아니었다.

무당파 전체의 명운과 관련된 일이다.

그렇기에 적운비는 망설일 수밖에 없었다.

'다른 방법을 찾아보자. 나를 드러내지 않고, 천학 진인의 유지를 이을 수 있는…… 다시는 그렇게 살 수 없어.'

이학인은 적운비가 상념에 잠겨 있는 것을 보고 상청관의 일을 거론했다.

"한데 상청관과는 어떻게 얽힌 것이냐?"

"아!"

잊고 있었다.

적운비는 빙긋 웃으며 상청관도들과 만났던 일을 상세하게 고했다.

이학인은 성호림의 이름을 들으며 미간을 찡그렸고, 호사방을 거론하자 못마땅한 기색까지 드러냈다. 하나 관도들의 변화를 듣는 순간에는 자신의 일처럼 기뻐했다.

"그것이 진짜냐? 아이들이 상청관과의 시비에서 전혀 기가 죽지 않았다고?"

"네."

이학인은 새어 나오는 웃음을 참느라 진땀을 빼야 했다.

"혁이가 먼저 나설 줄이야. 처음으로 내 예상이 틀렸구나. 하하하, 좋다. 좋아."

청송관도들의 가장 큰 문제점은 자질도, 출신도 아니었

다. 자질과 출신으로 인해 주눅 들었던 마음가짐이 가장 큰 문제였다.

아무리 좋은 무기를 얻어도 휘두르지 못하면 아무 소용이 없지 않은가.

한데 관도들은 처음으로 자신감을 보였다.

그렇다면 더 이상 망설일 이유가 없지 않은가.

이학인은 빙긋 웃으며 말했다.

"좋다! 내일부터 청송관은 건곤구공을 익힌다."

적운비는 건곤구공(乾坤球功)이라는 네 글자를 읊조렸다.

'무당의 뿌리!'

드디어 기다리던 순간이 찾아왔다.

적운비의 입가에 환한 미소가 맺혔다.

第六章

건곤구공(乾坤球功)

　청송관에서 건곤구공(乾坤球功)을 가르친다는 소문은 금세 수련관 전체에 퍼졌다.

　하나 그것을 대단하게 여기는 사람은 없었다.

　태청관은 벌써 일 년 전부터 건곤구공을 가르쳤고, 상청관과 옥청관도 다르지 않았기 때문이다.

　하지만 적운비는 타인의 시선을 의식하지 않았다.

　물론 청송관의 관도들도 마찬가지였다.

　그저 매일같이 수련하고, 그로 인한 성취감을 느끼기에도 벅찬 하루가 아닌가.

　이제 관도들은 하루가 다르게 변하고 있다.

상청관도와의 만남이 촉매제였다.

물론 그 속도가 남들보다 느릴지언정 결코 포기하지는 않을 것이다.

자괴감에 빠졌을 때의 무력함.

다시는 겪고 싶지 않았다.

"어어!"

소대령이 비틀거리며 주저앉았다.

그리고 주먹만 한 쇠공이 연무장에 내리꽂혔다.

"야! 조심해. 내 발을 찧을 생각이냐?"

위지혁이 으박을 질렀지만, 그의 사정 역시 그리 좋은 편은 아니었다.

눈을 감고도 펼칠 수 있는 건곤보가 아니었던가.

한데 한 근 무게의 철구를 던지면서 펼치는 순간 건곤보가 이리 낯설 수가 없다.

"아씨! 이상하네. 왜 안 되지?"

그 순간 이학인의 외침이 들려왔다.

"건곤보가 하체의 균형이라면, 건곤구공은 상하체의 균형을 동시에 잡아야 하는 게다. 철구에만 신경을 집중하면 몸의 균형이 무너지는 것은 당연하지 않겠느냐."

건곤구공은 무당파의 무인이라면 평생에 걸쳐 익히고 수련해야 하는 무공이다.

균형과 평정심.

이 두 가지가 익숙해지는 순간 어떤 상황에서도 결코 당황하여 실수하는 일이 없으리라.

심지어 무당의 모든 검법과 장법, 보법은 건곤구공을 토대로 익혀야 한다고 하지 않던가.

그러니 하루아침에 익히는 것은 무리였다.

평범한 사람이라면 말이다.

적운비는 철구를 양손으로 감싼 채 건곤보를 펼쳤다. 비틀거릴 때도 있었지만, 용케 철구를 놓치지 않았다. 하나 건곤구공을 펼칠수록 마음속의 의문은 커져만 갔다.

'왜? 왜 쇠공이지?'

단순히 균형감각을 위해서라면 검을 드는 것이 더욱 효율적일 터였다. 실제로 건곤보를 익힐 때에는 청풍검이나 백운검과 함께 펼치지 않았던가.

검을 휘두르며 보법을 펼치는 것이 효율적이다.

어차피 강호에 나갈 때 쇠공으로 싸울 리가 없지 않은가.

그러니 적운비는 의문을 가지게 된 것이다.

'왜?'

이학인은 몸의 균형에 신경을 쓰라고 했다.

하지만 적운비는 철구에 더욱 집중했다.

'애초에 바위나 철이나 상관은 없다고 했다. 그렇다면

재질이 문제가 아니야. 공이어야만 하는 이유가 있는 거
다?'

그 순간 소대령이 비틀거리며 다시 주저앉았다. 이번에
는 위지혁이 발을 찧었는지 길길이 날뛰며 소리를 지른다.

하지만 적운비의 시선은 처음부터 소대령의 손을 떠나
연무장으로 떨어지는 철구에 꽂혀 있었다.

'아…….'

적운비는 어느덧 멈춰 선 채 자신이 쥐고 있는 철구를 내
려다보고 있었다.

수련관 내부에 구비된 수많은 서책을 독파했던 적운비가
아닌가. 그는 이름조차 기억나지 않는 책의 한 구절을 떠올
렸다.

'하늘은 만물을 누르고, 땅은 만물을 잡아당긴다는 말이
있었지. 즉, 철구가 떨어지는 것은 곧 순리다. 당연히 그러
해야만 하는 일이야.'

적운비는 둥그런 쇠공을 매만지며 눈을 가늘게 떴다.

'건곤구공은 무당파의 시작이다. 한데 도가를 뿌리로 하
는 무당파가 순리를 거스르는 무공을 가르칠 리가 없어. 거
스르지 않으며 의지를 담는다. 이거 어디서 봤던 구절인
데…….'

적운비는 어린 시절부터 본의 아니게 수많은 서책을 접

해야 했다.

할 수 있는 일이 없다 보니 자연스레 책을 읽게 되었을 뿐이고, 그러한 지식들은 머릿속에 들어간 후 나오지 않았다.

그러니 적운비가 보았다면 본 것이다.

'어디였더라?'

적운비는 미간을 찡그리며 정신을 집중했다.

그러고는 결국 해답을 도출해 냈다.

'순리는 곧 자연이다! 도가의 무학은 무위자연에서 시작되니 무당의 무학은 곧 자연의 이치인 셈이야. 순리는 곧 자연이고, 자연의 이치는 우주만물의 순환과 같아.'

적운비는 관련이 없는 수많은 서책들 사이에서 겹쳐지는 구절들을 모으기 위해 혼신의 힘을 다해야 했다.

'자연은 우주만물을 뜻하고, 이치는 마땅히 이뤄져야 할 천리와 같아. 그렇다면……'

생각이 꼬리에 꼬리를 물고 끝없이 이어졌다.

그러던 중 적운비는 눈을 휘둥그레 떴다.

'우주만물의 근원이 되는 실체!'

자연스럽게 뇌리에 하나의 문양이 떠올랐다.

태극(太極)!

주역의 계사에 이르길 역에 태극이 있으니 이것이 양의를 낳는다고 했다.

적운비의 머릿속에 무당파의 알려진 무학들이 하나둘씩 나열됐다. 현재 존재하는 것도 있었고, 오래전에 실전된 것도 있었다.

한데 이 모든 무학의 공통점은 단 하나였다.

'음양의 조화! 태극이잖아!'

화산에 매화가 있고, 곤륜에 운룡이 있듯 무당의 모든 것은 태극으로 귀결된다.

비록 하나의 추론에 불과했지만, 상념은 끝도 없이 펼쳐졌다.

건곤(乾坤)은 곧 천지이며, 천지는 곧 음양의 완벽한 조화를 뜻한다. 그렇다면 건곤구공이 무당 무학의 근본이라는 소문 또한 역설적으로 증명이 되지 않는가.

그렇다면 건곤구공의 화두는 곧 태극이다.

'으으……'

적운비는 어느 순간부터 입술을 파르르 떨며 온몸에서 땀을 비 오듯이 흘렸다. 잠시 후 그는 뜨거운 숨을 뿜으며 한 사람의 이름을 떠올렸다.

'검천위 천학 진인은 건양대천공(乾陽代天功)과 곤음여지공(坤陰如地功)을 익히셨다고 했지. 건곤, 음양, 천지를 근본으로 하여 태극을 이루셨고, 이것은 곧 양의심법(兩意心法)으로 귀결된다고 하셨다!'

이 모든 것은 천학도관을 방문한 이후 개인적으로 만서고를 뒤져서 찾아낸 정보였다.

건양대천공, 곤음여지공, 양의심법.

모두 실전된 절세기공이다.

하나 그 흔적만은 여전히 무당 무학의 곳곳에 남아 있지 않은가.

그 흔적이 바로 태극이었다.

적운비의 마음속에서 확신은 점점 강해졌다.

다만 한순간 너무도 많은 생각을 하다 보니 머릿속이 녹아내릴 것만 같았다.

적운비는 이마의 땀을 훔치며 천천히 몸을 움직였다.

'백 번 생각하는 것보다는 한 번 해 보는 게 낫지!'

청송관도 중에서 발군의 실력을 보이던 적운비의 움직임이 어색하게 변했다.

지금껏 단순하게 철구를 던지면서 건곤보를 펼쳤다면 이제는 온몸으로 태극의 문양을 조금이나마 표현하고 있었다.

관절과 근육이 비명을 지른다.

익숙지 않은 움직임에 경고를 보내는 것이다.

하나 적운비는 호흡을 조절하며 온몸으로 원을 그렸다.

우스꽝스러울 것이다.

하지만 적운비는 기분 좋은 표정을 지었다.

우스꽝스러울지언정 틀리지 않았음을 본능적으로 느낄 수 있었던 것이다.

그렇지만 그는 알지 못했다.

방금 전 생사의 경계에서 아슬아슬하게 빠져나왔음을 말이다.

그리고 강호는 결코 알지 못할 것이다.

고금을 통틀어 처음으로 내공이 아닌 상념으로 인해 주화입마(走火入魔)에 빠질 뻔했던 소년이 있음을 말이다.

＊　　＊　　＊

무당파는 한 대에 세 번씩 수련제자를 받는다.

각기 기수에 따라 상도(上道), 중도(中道), 하도(下道) 수련제자라 불린다. 이학인은 현재 이대제자 중 하도에 입관한 수련제자였다.

그러나 그의 자질은 상중하를 통틀어 세 손가락 안에 꼽힐 정도로 뛰어났다.

만약 천룡학관이 그때도 있었다면 무한자와 더불어 당당히 입관했으리라.

하나 무당파는 이미 그 전부터 세가 기울었다.

기재라는 칭찬과 기대가 강해질수록 무당파를 부흥시켜야 한다는 책임감은 강해졌다.

실전된 반쪽짜리 검법, 이름만 남아 버린 심법.

기재라 불렸지만, 하나도 해결하지 못했다.

그저 스스로의 한계만 알아 버렸을 뿐이다.

'무공으로 흥할 수 없다면 다른 길을 찾겠다.'

이학인은 자포자기하여 검을 놓았고, 도경에 빠져들었다. 그렇게 해서 대성하게 된 것이 바로 천문과 역학이었다.

천문과 역학을 익힐수록 무공에 대한 생각이 달라졌다. 아니, 무공뿐 아니라 세상 모든 일을 바라보는 시각이 변화했다.

그렇기에 적운비를 눈여겨보게 되었다.

적운비는 말썽꾸러기에 반골 취급을 받는 수련제자에 불과했지만, 그의 언행을 지켜볼수록 범인과 다르다는 확신은 더욱 강해졌다.

세상을 바꿀 수 있을 정도의 기대심.

이학인은 적운비에게 남몰래 미래를 걸게 된 것이다.

'아!'

청송관의 관도들은 예상처럼 건곤구공에 쉽게 적응하지 못했다. 하나 이학인은 눈을 부릅뜬 채 연무장에서 눈을 떼지 못했다.

그의 시선을 사로잡은 것은 당연히 적운비였다.

적운비는 어정쩡한 자세일망정 끊임없이 원을 그리고 있었다. 두 다리로 건곤보를 펼치지만, 그 범위는 하나의 원을 그린다.

적운비의 어깨와 팔꿈치 무릎, 골반, 허리까지 죄다 묘하게 비틀린다.

그러면서도 양손은 철구와 함께 하나의 문양을 그려 내려고 노력하고 있지 않은가.

아직은 엉성하지만 저것은 분명 태극의 형태였다.

'말로만 듣던 경우가 바로 이런 것인가?'

건곤구공으로 태극의 묘리와 함께 펼치려면 최소한 세 단계의 수련을 거쳐야 가능했다.

하산할 때까지 이것을 깨우치지 못하는 수련제자가 수두룩할 정도였다.

한데 적운비는 스스로 갈구하여 건곤구공을 깨우치고 있었다.

가르쳐 주지 않아도 나아가고 있는 것이다.

그것도 반나절 만에 이뤄낸 쾌거였다.

지금이야 고작 두세 단계를 건너뛸 뿐이지만, 세월이 흐른다면 한순간에 몇 단계씩 성장할 것이다. 또한 훌륭한 사부가 가르침을 준다면 성장의 속도는 상상을 초월할 것이다.

'천재라는 것이 정녕 존재했던가?'

이학인은 잠시나마 무당이 저 아이를 품을 수 있을까 하는 의문에 휩싸여야 했다.

마치 삼천 년에 한 번씩 피는 우담화를 발견한 약초꾼이 감히 다가가지 못하는 것처럼 말이다.

잠시 후 적운비가 수련을 끝냈는지 가부좌를 튼 채 눈을 감는다.

이학인은 벅찬 마음에 자신도 모르게 하늘을 쳐다봤다.

'드디어 길이 열리는가?'

지금껏 무당파를 부흥시키기 위해 사활을 걸었던 사람이 어디 한둘인가.

하나 자신을 포함한 모두가 좌절했고, 심지어 검을 꺾은 사람도 부지기수였다.

그만큼 현실에 대한 좌절감은 엄청났다.

한데 여기 엄청난 성장을 보이는 소년이 있다.

그 누구의 도움도 없이 스스로 비상을 준비하는 소년이

다.

　이학인이 더욱 서글픈 이유는 그가 해 줄 수 있는 것이 많지 않았기 때문이다.

　'내가 할 수 있는 일을 찾아야겠다.'

　이학인은 수련관 너머로 보이는 무당산 정상을 물끄러미 응시했다.'

＊　　　＊　　　＊

　적운비는 수련을 끝낸 후에도 연무장을 떠나지 않았다. 한참 동안 좌정한 채 건곤구공을 수련하며 얻은 깨달음을 되새겼다.

　'태극의 움직임은 부드러워. 어느 한 곳이 모나지 않고 완벽한 조화를 이루고 있잖아.'

　이러한 생각의 흐름은 연무장을 벗어난 후에도 계속됐다. 석생의 창고에서 장비를 꺼낼 때에도 그랬고, 태청관의 뒷간을 청소할 때에도 그랬다.

　"헉!"

　적운비는 한순간 화들짝 놀라며 눈을 동그랗게 떴다.

　자신도 모르는 사이 바가지를 들고 춤을 추고 있는 게 아닌가.

실소가 절로 흘러나왔다.

"뭐 하는 짓이람?"

적운비는 키득거리며 다시금 두꺼운 천으로 코와 입을 막았다.

예전에 한 번 제대로 퍼낸 덕분인지 양은 그리 많지 않았다. 다만 많지 않기에 몸을 더욱 안쪽으로 들이밀어야 하는 것이 고역일 따름이었다.

"크흑! 하루 종일 수련만 하는 것들이 뭐 이리 소화를 못 시켜. 징한 놈들."

적운비는 투덜거리면서 연방 바가지로 퍼 날랐다.

그렇게 커다란 통을 절반 정도 채웠을 때였다.

"……"

바가지를 팔 할 정도 채운 똥물이 넘실거린다.

쳐다보는 것만으로도 역하기 그지없었다.

하나 적운비는 신중한 표정을 짓고 양손으로 바가지를 쥐었다. 그 모습은 마치 건곤구공을 펼칠 때 철구를 쥐는 모습과 흡사했다.

'해볼까?'

잠시 후 적운비는 이내 다리를 벌리며 마보 자체를 취했다. 그러고는 똥물이 가득 찬 바가지를 쥔 채 조심스럽게 건곤보를 펼쳤다.

무게는 쇠공과 비슷했지만, 쉴 새 없이 찰랑거리는 탓에 균형을 잡기는 훨씬 더 어려웠다.

적운비는 이내 장난기를 지우고, 정신을 집중했다.

자칫 잘못하면 똥물을 뒤집어써야 하니 일명 배수의 진을 친 것이나 다름없었다.

'한 방울이라도 흘리면 개망신이야!'

방해물은 단지 찰랑거림으로 인한 불균형에 그치지 않았다. 후각을 마비시킬 정도의 악취와 함께 미끄러운 바닥도 적수였다.

하지만 적운비는 끝끝내 찌그러졌을지언정 태극의 문양을 흉내 내는 데 성공했다.

'오! 이런 느낌인가?'

무언가 조금씩 익숙해지는 기분이 들었다.

하나 적운비는 기쁨을 만끽할 여유도 없이 황급히 바가지를 내려놓아야 했다.

뒷간 밖에서 기척이 느껴졌기 때문이다.

"아직 안 끝났니?"

석생은 여느 때와 같은 표정을 지으며 나타났다.

"이제 끝났습니다."

"그래? 한번 볼까."

적운비는 석생이 태청관의 뒷간을 살피는 사이 남몰래

혀를 찼다.

'하필 이럴 때…… 이게 뭐람!'

무인에게 있어서 무공이란 신성한 것이다.

그렇기에 무공을 수련할 때에는 몸과 마음을 깨끗이 하고 성심성의껏 익혀야 했다. 또한 그것이 가장 효율적인 방법이라고 알려져 있었다.

그러나 적운비는 격식에 얽매이지 않고, 행하고 싶은 것을 행할 뿐이다.

그것이 설령 옳은 방법이라고 해도 일부러 남에게 강요할 생각은 없었다.

먼저 압도적인 모습을 보여 준 후라면 모를까.

'아직은 이런 일로 시간을 허비하기 싫다.'

적운비는 아쉬운 마음에 입맛을 다셨다.

그 순간 입 안 전체로 퍼지는 고약한 냄새.

"에퉤퉤!"

"무슨 일이야?"

"아니에요."

적운비는 소매로 입술을 훔치며 대수롭지 않게 어깨를 으쓱거렸다.

석생은 적운비를 지나쳐 하늘을 살폈다.

오후 수련까지는 아직 시간이 꽤 남은 상태였다.

“옥청관에 문제가 생겼다.”

적운비는 옥청관이라는 말에 옅은 미소를 띠었다.

“착각하지 마. 옥청관도들은 도경 수업을 받으러 갔다. 지금 옥청관에는 아무도 없어.”

석생은 급한 일인지 황급히 말을 이었다.

“본래 이맘때에는 아랫마을에서 올라온 아낙이 뒷간을 청소해 준다. 한데 마을에 일이 생겨서 그런지 웃돈을 준다고 해도 나서는 이가 없구나.”

적운비는 미간을 찡그리며 자신을 가리켰다.

“저보고 옥청관도 치우라고요?”

석생은 미안한 표정을 지었다.

“벽성자께서 아랫마을 일로 급히 하산하신다니 나도 따라가야 한단다. 원래는 내가 사람을 구해서 정리해야 하는 일인데 미안하구나.”

진심으로 미안한 표정을 짓고 있으니 거절하기도 애매하다. 어차피 건곤구공을 수련하는데 장소가 상관있는 것은 아니지 않은가.

차라리 옥청관에 아무도 없다니 잘되었다 싶다.

“제가 하지요.”

석생은 눈인사로 감사를 표한 후 다짐을 받았다.

“절대 옥청관에 들어가면 안 된다.”

“일없습니다.”

“네 전적이 워낙 화려해야 말이지.”

“변태로 낙인찍혀서 파문당하고 싶지는 않은걸요. 하하하.”

“그래, 그럼 믿고 맡기마.”

＊　　　＊　　　＊

적운비는 옥청관의 관내에 들어서는 순간 눈을 휘둥그레 떴다. 옥청관은 태청, 상청, 청송과는 구조 자체가 다를 정도로 화려했다.

뒷간은 더욱 가관이다.

“뭐가 이리 화려해?”

일단 크기부터가 다른 곳과 비할 바가 아니다.

게다가 입구에는 커다란 창이 있어서 환기를 시켜 주었고, 문 옆에는 물이 샘솟는 작은 못도 있었다.

애초에 만들 때부터 못을 중심으로 설계한 것이 분명했다.

그뿐이 아니다.

벽에는 동경을 걸어 두었고, 곳곳에 들꽃과 초록 풀이 가득하지 않은가.

소녀의 방이라고 해도 믿을 만큼 화사했다.

"참 나! 차별도 이런 차별이 없지."

적운비는 옥청관의 탄생 배경을 떠올리고는 혀를 끌끌 찼다.

무당파가 쇠락했다고는 하나 특유의 부드러움은 여전했다. 그러니 여아들이 익히기 좋은 호신무공과 도가문파 특유의 차분함을 배워 오길 바라는 것이다.

그 증거로 옥청관은 수련관 전부를 합친 것보다 많은 기부금을 받는 곳으로 유명했다.

적운비는 입구의 작은 연못을 보고 히죽 웃었다.

"뭐? 물 뜨러 갈 필요가 없으니 차라리 잘됐네."

그러나 뒷간의 문을 여는 순간 경악을 금치 못했다.

"뭐, 뭐야? 이거!"

뒷간 밖이 천국이라면, 여기는 지옥이다.

적운비는 코를 막고 주춤거리며 물러섰다.

'크흑! 기부금만 삼관보다 많은 게 아니군.'

문을 열고 한참 동안 환기를 시킨 후에야 발을 들일 수 있을 정도로 내부의 냄새는 심각하다.

하나 적운비의 표정은 환기를 시킨 후에도 밝아지지 않았다.

옥청관은 오랫동안 청소를 안 했기에 퍼내야 할 양이 상상을 초월했다. 그리고 이 모든 것을 해결해야 할 사람은 다름 아닌 자신이었다.

적운비는 코와 입을 막으며 나직이 읊조렸다.

'아무래도 오후 수련에는 늦겠군.'

우공이산(愚公移山)이라는 말이 있다.

햇빛을 가리는 산을 옮기기 위해 매일같이 삽질을 하던 우공이라는 노인의 이야기다.

다행히 옥청관의 그것은 우공처럼 몇 대에 걸쳐 치워야 할 만큼은 아니었다.

적운비는 쉬지 않고 청소를 한 끝에 만족할 만한 성과를 냈고, 그의 이마에는 뜨거운 땀방울이 줄줄이 맺혀 있었다.

'땀에 냄새가 배는 것은 아니겠지?'

어쨌든 뒷간 입구에 맑은 물이 있었던 것은 생각보다 큰 도움이 되었다.

한데 적운비가 세수를 하려고 걸음을 옮기려는 순간이었다.

뒷간의 문이 열렸고, 묘령의 소녀가 생각에 잠긴 채 들어서는 것이 아닌가.

눈을 가늘게 뜬 탓에 기다란 속눈썹은 더욱 청초한 느낌을 주었고, 흑단처럼 검은 머리카락은 무인처럼 질끈 묶어서 매끄러운 목덜미가 훤히 드러나는 어여쁜 소녀였다.

'백화?'

수련제자가 옥청관과 교류할 일은 없지만, 그렇다고 해서 모르는 사람처럼 지내지는 않았다.

그도 그럴 것이 이 나이 때의 소년들은 가장 호기심이 왕성할 때가 아닌가.

옥청관의 여아 중 꽃과 같이 어여쁜 두 명의 소녀가 있다더라.

백화(白花)와 홍화(紅花).

그중 머리를 묶은 쪽이 백화 진예화(盡霓花)였다.

적운비는 자연스럽게 비켜섰고, 백화는 그 옆을 지나갔다. 아니, 지나가려 했다.

"어머! 너 뭐야?"

백화는 놀람과 적의가 가득한 눈빛을 보이며 물러섰다. 그러나 이내 허리춤에 아무것도 없는 것을 확인하고는 슬며시 팔짱을 꼈다.

반면 적운비는 오히려 빙글빙글 웃으며 말했다.

"난 청송관의 적운비."

백화는 탄성을 흘렸지만, 불쾌한 듯한 눈빛은 여전했다.

"아…… 그 육포 도둑."

적운비는 백화의 시선을 가볍게 받아넘겼다.

"앞뒤를 많이 자르기는 했지만, 틀린 말은 아니네. 맞아. 그 육포 도둑이야."

"자기 입으로 말하기에는 좀 그렇지 않니? 얼굴이 참 두 껍구나. 도대체 여기서 뭐 하는 거지?"

"청소."

백화는 그제야 몰라보게 달라진 환경을 살피고는 눈을 동그랗게 떴다.

"뭐, 청소할 때가 되기는 했지. 그럼 수고해."

적운비는 순순히 수긍하는 소녀가 신기했다.

보통 이런 상황에서는 소리를 지르거나, 얼굴을 붉혀야 하는 것이 마땅하지 않은가.

단지 털털한 성격이라고 표현하기에는 무리가 있었다. 그녀에게는 사람들이 적운비를 볼 때 느끼는 것처럼, 타인 과 차별되는 무언가 다른 것이 존재했다.

"안 나가니?"

적운비의 눈동자가 묘하게 번뜩였다.

백화의 아름다움 외모보다 저 당당한 자세에 눈길이 갔 다.

'듣던 거랑 다르잖아?'

옥청관은 수련관 중에서도 성격이 매우 달랐다.

다른 곳은 모두 무당파에 입문을 목적으로 한다.

정사지간이라 불렸던 문파의 제자들이 모인 상청관조차
도 호사방도들을 제외하면 목적 자체는 그러했다.

하나 옥청관은 무가로서의 무당파가 아닌 도가의 무당파
를 위해 세워진 곳이다.

강호의 문파들은 여식이 도가의 청정과 차분함을 배워
요조숙녀가 되기를 희망한다.

즉, 정략혼을 위해 무당의 이름을 빌리는 것이다.

그렇기에 기부금 역시 다른 수련관에 비할 바가 아니었
다.

한데 눈앞의 백화는 처음부터 달랐다.

마치 남녀의 구분을 짓지 않는 듯한 말투와 스스로에게
자부심을 가지고 있는 당당한 자세를 보라.

이런 여아를 단지 예쁘다고만 표현하는 것은 그녀에게
실례일 것이다.

적운비는 무례할 정도로 빤히 백화를 쳐다봤다.

백화는 그 모습에 미간을 찡그리며 말했다.

"내가 나갈까?"

적운비는 그제야 피식 웃으며 비켜섰다.

"내가 나가지."

적운비는 소녀의 얼굴을 눈에 담고 돌아섰다.

한데 문을 여는 순간 적운비의 얼굴에는 장난기 가득한

미소가 맺혔다.

'저게 진짜일 리가 없잖아.'

자신을 처음 발견했을 때 찰나간 드러났던 반응.

분명 당황스러워하며 얼굴을 붉혔었다.

게다가 목검이 없는 것을 확인하고는 슬며시 팔짱을 끼지 않았던가.

여인이 본능적으로 가지는 방어 심리였다.

'진짜는 어떨지 볼까?'

적운비는 조심스럽게 문을 잡고, 활짝 열며 외쳤다.

"야! 바닥이 미끄러우니까 조심해."

뒷간의 내부를 들여다보는 순간 적운비의 미소가 한순간에 사라졌다.

"아……."

백화는 동경을 보며 옷을 매만지고 있었다.

어깨를 드러낼 정도로 흘러내린 상의.

백옥 같은 피부에는 멍 자국이 가득했다.

그것도 한두 개가 아니었다.

"어……."

백화는 한순간에 터질 것처럼 시뻘겋게 얼굴을 물들이더니 황급히 상의를 여몄다.

적운비로서도 생각지도 못한 상황이었다.

근래에 이렇게 당황했던 적이 있었던가.

화려한 언변과 상식을 깨는 사고방식도 지금 이 순간에는 아무런 도움이 되지 않았다.

그저 멍하니 서서 지극히 상식적인 한 마디를 내뱉을 수밖에 없었다.

"아, 미안."

"나가!"

백화는 입술을 파르르 떨며 소리쳤다. 그러고는 어깨를 움츠린 채 재빨리 몸을 돌렸다.

한데 그 순간 생각지도 못했던 일이 이어졌다.

적운비의 외침처럼 바닥에는 아직 물기가 가득했다. 그리고 백화는 황급히 몸을 돌리다가 발을 헛디디며 휘청거렸다.

"꺄악!"

맨살을 보였을 때도 참았던 비명이 터져 나왔다.

두 다리가 동시에 미끄러진 탓에 백화는 균형을 잡을 사이도 없이 바닥을 향해 내리꽂히고 있었다.

양손으로 옷을 잡고 있으니 이대로라면 머리부터 부딪칠 것이 자명했다.

"큭!"

적운비는 생각할 것도 없이 황급히 몸을 날렸다.

지금껏 건곤구공을 끊임없이 수련했던 탓일까?

두 다리는 물기가 가득한 바닥을 미끄러지듯이 원을 그리며 나아갔다.

놀랍게도 그 순간 갈지자 형태의 보폭이 정확한 태극의 문양을 완성했다.

빠르다. 호선이 직선보다 빠르다.

그 순간 첫 번째 미로 중 어디선가 한 개의 선(線)이 튀어나왔다. 구불구불한 선은 마치 따라오라는 것처럼 일렁였다.

적운비는 머릿속에 떠오른 선을 따라 내달렸다.

"흡!"

그 순간 적운비의 신형이 정면으로 뛰는 것보다 몇 배는 빠르게 튕겨 나갔다.

적운비조차 놀랄 정도였다.

촤아악—

적운비는 미끄러지듯이 쓰러지는 백화를 낚아챘다.

물론 같이 나뒹굴어야 마땅했지만, 균형 잡힌 움직임이 빛을 발했다.

적운비는 백화를 누인 채 정확하게 멈춰 섰다.

"아……."

백화는 아랫입술을 파르르 떨며 적운비를 올려다봤다.

당장이라도 시원하게 욕을 해 주고 싶었다.

아니면 따귀라도 올려붙이고 싶었다.

한데 가까이서 마주한 적운비의 눈동자는 묘하게 반짝거리고 있지 않은가.

맑고, 투명한 가운데 부드러운 기운이 가득했고, 어느 순간에는 불처럼 뜨겁게 일렁이며 천하를 짓누를 정도로 묵직했다.

'……'

그 순간 적운비는 백화의 어깨를 보고 있었다.

멍 자국도 멍 자국이지만, 고와야 할 피부에는 생채기가 가득했다.

상처의 흔적은 그녀의 생활을 보여 준다.

당당하게 살기 위한 그녀의 노력을 보여 준다.

백화는 적운비의 예상과는 달리 볼일을 보러 온 것이 아니라 몰래 상처를 치료하러 온 것이다.

약한 모습을 보이지 않기 위해서…….

'멋지네.'

적운비는 빙긋 웃으며 물었다.

"너, 이름이 뭐야?"

백화의 눈동자가 왕방울만 하게 커졌다.

적운비의 말투는 다정했지만, 눈빛은 여전히 강렬했기

때문이다. 결코 단순히 이름을 묻기 위한 질문이 아닐 터였다.

그것을 느끼는 순간 백화는 표정을 굳히고 싸늘한 한 미디를 내뱉었다.

"일으켜 줘."

적운비는 백화가 처음으로 되돌아간 것을 확인하고 망설임 없이 그녀의 몸을 일으켜 주었다.

그리고 뒤이은 백화의 말에는 폭소를 터트렸다.

"냄새 나. 저리 가."

적운비는 두 손을 들며 어깨를 으쓱거렸다.

"고의는 아니었어."

"됐어. 그만 나가 줄래?"

백화는 언제 부끄러워했냐는 듯 당당한 자세로 서서 말했다.

어떻게 파고들 틈이 없었다.

적운비는 지게를 짊어지고 나서며 한 마디를 남겼다.

"다음에 또 보자. 예화."

백화는 적운비가 사라진 후에도 한참 동안 입구를 노려봤다.

'역시 내 이름을 알고 있었어.'

그 눈빛, 그 말투, 그 움직임.

도저히 또래라고 생각되지 않을 정도였다.

백화는 수련관에 떠도는 소문을 생각하며 코웃음을 쳤다.

여전히 뇌리에 깊이 박혀 있는 눈빛과 아직도 강하게 남아 있는 체취 탓에 적운비에 대한 생각은 끊이지를 않았다.

'적운비라고 했지?'

*　　*　　*

무한자는 용호적문 앞에 쪼그리고 앉아 있었다.

차기 장문인과 최연소 장로가 될지도 모른다는 소문의 주인공치고는 너무도 한가한 모습이다.

하나 무한자는 매일같이 새벽마다 나와서 등선로 아래를 주시했다.

적운비를 보기 위해서였다.

호기심은 기특함으로 변했고, 그것은 어느새 놀람과 감탄의 눈빛이 되었다.

'보면 볼수록 탐이 나는군.'

무한자의 시선은 등선로를 청소하는 적운비의 움직임을 따라 이리저리 움직였다.

'불과 한 달 사이에 저리 변하다니…… 괄목상대라는 말

로도 부족하구나…….'

예전에는 건곤보의 균형을 잡기 위해 폭이 좁은 계단을 이용하지 않았던가. 한데 건곤구공에 입문한 이후 적운비의 움직임은 정반대로 변했다.

이제는 조심스럽게 움직이지 않았다.

오히려 격정적이고, 위태로울 정도로 빠르게 계단을 오르내리고 있었다.

게다가 간간히 완급조절까지 하고 있지 않은가.

엄밀히 말해서 이미 청소와는 십만 팔천 리만큼이나 떨어진 셈이다.

"하하하!"

그 순간 적운비가 무언가 좋은 일이 있었는지 폭소를 터트렸다. 언뜻 보이는 적운비의 표정은 또래의 아이들처럼 밝고, 즐겁기만 했다.

무한자는 그 모습에 자신도 모르게 피식하고 웃어 버렸다.

너무 어른스럽고, 속을 알 수 없어서 걱정이 되었던 탓이다. 하지만 저런 열정적인 모습을 마주하다 보면 어느새 자신 역시 어린 시절로 돌아가는 듯한 기분이 들었다.

무한자는 잠시 날짜를 헤아렸다.

'흠! 오늘이 마지막이군.'

제아무리 무한자라고 해도 독단적인 행동에는 한계가 있었다.

문파 내에서의 업무와 개인적인 수련.

장문인에게 한소리를 들은 이상 예전처럼 편히 용호적문을 찾을 수가 없게 된 것이다.

'어쩐다?'

잠시 후 무한자는 어느덧 얼굴이 확연히 보일 정도로 가까워진 적운비를 보며 표정을 풀었다.

"무한 사백!"

적운비는 밝은 표정으로 무한자에게 다가왔다.

최근 들어 가장 자주 보는 사람이었고, 가장 많은 도움을 주는 사람이기 때문이다.

"오늘은 어땠나요?"

적운비의 물음에 무한자는 웃음으로 답했다.

"등선로의 계단은 좁고, 가팔라서 보법을 연성하기란 불가능에 가깝다. 너는 단지 계단에 익숙해진 것일 뿐이니 자만하면 아니 될 것이야."

"감사합니다. 모두 사백께서 조언을 해 주신 덕분입니다."

적운비는 평소와 달리 진중한 표정으로 포권을 했다.

"하지만 청송관의 관도가 이 정도의 성취를 보일 것이라고 누가 생각이나 했겠느냐. 태청이나 상청을 가르치는 사제들이 보면 기겁을 할 것이야."

무한자의 칭찬에 적운비는 겸양 어린 표정을 지었다.

"태청과 상청, 청송은 큰 차이가 없다고 생각합니다. 하루를 수련해도 백 일의 성과를 내는 사람이 있고, 백 일을 수련해도 하루 같은 사람이 있지 않습니까. 한데 아직 기본기조차 수료하지 못한 수련제자들 사이에 그 정도의 격차가 있을 것이라고는 생각지 않습니다."

"하하, 그렇게 생각하느냐? 하지만 자리가 사람을 만든다는 말이 있다. 관도들 간의 격차는 크지 않지만, 수련관의 환경은 큰 차이가 있을 것이다."

적운비는 쓴웃음을 지었다.

처음 무당파의 수련제자로 입문했을 때에는 몰랐다. 어리기도 했고, 짧은 시간만 머물다가 청송관으로 쫓겨 왔기 때문이다.

한데 이번에 수련관의 청소를 하면서 깨닫게 되었다.

각관의 환경은 엄청난 차이가 있었다.

일단 태청관의 이인일실과 청송관의 십인일실은 하늘과 땅 차이가 아닌가.

"학인 사제의 천문, 역학에 관한 성취는 무당파에서 손꼽힐 만하다. 하지만 상승의 무공을 익히고 싶다면 태청관이나 상청관으로 가는 것이 옳지 않겠느냐."

적운비는 일말의 망설임도 없이 고개를 내저었다.

"전 지금이 좋습니다."

"비록 수련제자는 건곤구공까지 익힐 수 있지만, 자질이 뛰어나면 개인적으로 한 단계 위의 무공도 선행하여 익히는 경우가 있다. 태청관의 몇몇은 벌써부터 그리 수련하고 있을 게다. 그래도 좋으냐?"

적운비는 여전히 환한 웃음으로 응대했다.

"네."

무한자가 걱정스런 어투로 물었다.

"혹 예전에 쫓겨난 것을 마음에 두고 있느냐?"

"아닙니다."

"그렇다면 너를 반기지 않을 것 같아서 그러느냐?"

적운비는 단호하게 고개를 내저었다.

"수련관에 얽매일 생각은 없습니다."

무한자는 적운비의 대답을 듣고 눈을 가늘게 떴다.

수련에 미친 사람처럼 낮밤을 가리지 않는 녀석이 아닌가. 그럼에도 불구하고 상승의 무공에는 관심이 없어 보인다.

그럼 녀석의 수련은 무엇을 위한 수련인가?

도대체 녀석의 심중에는 무엇이 있는가?

궁금하다. 너무 궁금해서 미칠 것만 같다.

그 순간 무한자는 결정을 내렸다.

"나와 함께 본산에 가지 않겠느냐?"

갑작스러운 제안이었고, 엄청난 제안이었다.

무한자의 말은 곧 적운비를 직전제자로 삼겠다는 뜻이기 때문이다.

직전제자가 무엇인가?

문파의 비전을 이은 도인이 수련생 중에서 마음에 드는 제자를 직접 택하는 것이다.

당연히 입문시험은 자동 통과였고, 그 즉시 짐을 싸고 본산에 올라야 했다.

특채와 같은 이런 경우가 흔할 리 없다.

게다가 아무나 직전제자를 고를 수 있는 것도 아니었다.

무한자는 최연소 장로에 오를 예정이고, 향후 장문인의 자리가 예정된 기대주였다.

그러니 이런 사람의 제자가 된다는 것은 수련생의 입장에서 보았을 때 기연(奇緣)이나 다름없었다.

즉, 파격의 대명사로 불렸던 적운비조차 놀라지 않을 수 없는 파격적인 제안인 셈이다.

무한자는 굳은 표정으로 적운비를 살폈다.

눈물을 흘리며 기뻐할 것이라고는 애초부터 기대하지 않

았다.

본래 그런 성격을 지닌 녀석도 아니지 않은가.

다만 기분 좋은 놀람을 기대했을 뿐이다.

하지만 적운비의 표정은 무한자의 표정처럼 딱딱하게 굳어 있었다. 그리고 잠시 후 흘러나온 한 마디는 더없이 진지했다.

"죄송합니다."

무한자가 미간을 찡그렸다.

"어째서냐?"

되묻는 한 마디에 무한자의 감정이 담겼다.

"……."

"내가 부족한 것이냐? 너를 담기에 나라는 그릇은 부족하다고 여기는 것이냐?"

무한자의 옷자락은 바람이 불지 않음에도 펄럭이기 시작했다.

감정이 기운으로 겉으로 드러나는 현상이다.

즉, 절정의 경지를 뜻했다.

적운비는 온몸을 옥죄는 기운에 눈살을 찌푸렸다.

절정고수는 내공의 수발을 통해 바위를 부수고, 신묘하게 움직인다. 게다가 검기를 일으키면 철판조차 종잇장처럼 찢을 수 있단다.

그런 정도의 기운을 마주한 것은 처음이다.

상상했던 것보다 몇 배의 압박감이 느껴졌다.

'본심을 듣고 싶으신 건가?'

무한자는 무리를 해서라도 적운비의 속내를 끄집어내려고 했다. 그리고 그것을 통해서 스스로 납득하고 싶어 하는 것이리라.

적운비는 힘겹게 팔을 들어 자신의 가슴 앞에 두었다. 양손을 살짝 벌린 가운데 담담한 한 마디가 흘러나왔다.

"제가 어찌 사백의 그릇을 논하겠나이까."

"그렇다면 어째서 사문의 어른인 나의 제안을 거부하는 것이냐?"

"사백의 그릇을 논할 수 없는 것처럼, 저는 저 자신의 역량도 논할 수 없습니다."

무한자는 눈을 가늘게 뜬 가운데 눈초리를 파르르 떨었다.

"계속하라."

무한자의 기세는 여전하건만, 적운비는 어느새 옅은 미소를 띠고 있는 것이 아닌가.

"저 푸른 하늘은 끝이 없는데……."

적운비의 한 마디에 무한자는 눈초리를 떨었다.

'심행무한?'

"꿈속에서 깨우침을 얻지 못할 바에야 어찌 잠으로 시간을 허비할 수 있겠습니까."

무한자는 무거운 숨을 토해 냈다.

심행무한(心行無限)은 오래전 무당제일검이라 칭송받던 검천위(劍天位)가 남긴 말이다.

적운비는 천학 진인의 말 중 심행무한을 가장 좋아했다.

마음속 깊이 새겼을 만큼 말이다.

창천무한(蒼天無限)한데,

몽중불각(夢中不覺)하다면,

매시여허(每時如虛)가 아닌가.

즉, 스스로 한계를 짓지 말고, 저 푸른 하늘을 나와 같이 하여 끊임없이 정진해야 한다는 뜻이었다.

무한자는 잠시 눈을 감고 적운비의 말, 아니, 검천위의 말을 읊조렸다.

어린 시절에는 버릇처럼 중얼거리던 구절이건만, 참으로 오랜만이 아닌가.

적운비의 말이 뜻하는 바는 참으로 단순명쾌했다.

두 사람 모두 아직은 무언가에 얽매일 때가 아니라는 말이었다.

무한자는 가만히 적운비를 쳐다봤다.

마치 자신의 하늘은 아직 요만큼에 불과하다는 것처럼 빙긋 웃으며 손을 벌리고 있지 않은가.

하지만 언제고 푸른 하늘처럼 무한할 것임을 믿어 의심치 않는 저 확고한 눈빛을 보라.

그 모습은 어린애의 치기라고 보기 어려웠다.

'난 제자가 아닌 동도를 구하려 했던 것인가?'

무한자는 쓴웃음을 머금었다.

그래, 부정할 수 없구나.

무당제일의 기재라는 압박감은 상상을 초월한다.

이학인과 같이 몇 명의 사제들은 검을 꺾기도 했다.

그렇기에 더욱 게으름을 피울 수 없었다.

한데 세월이 흐르면서 무위가 정체되었음을 느꼈고, 돌파구를 찾기 위해 동분서주했다.

그 와중에 알게 된 것이 적운비란 녀석이다.

파격을 일상과 같이 하는 무당의 반골.

호기심의 근원은 곧 자신에게 없는 무언가가 있지 않을까 하는 기대감이었다.

기대했던 것처럼 녀석에게서 희망을 보았다.

저 아이는 전통과 관념, 예법을 무시하는 것이 아니다. 더 나아가고자 하는 마음이 나이와 어울리지 않게 심오하니 오해를 받는 것이리라.

그렇기에 함께 하고 싶었다.

하지만 그것은 곧 무한자가 스스로에게 한계를 규정하는 것과 다르지 않았다.

'지금은 제자를 키울 때가 아니라 나 스스로를 키울 때로구나.'

그것을 깨닫는 순간 오히려 마음이 편안했다.

그 역시 범인이 아니기에 적운비의 말 한 마디에 후련함을 느낀 것이다.

"네 말이 옳다."

무한자는 적운비를 인정함으로써 자신의 조급함을 반성하고, 스스로를 다그쳤다.

아직은 만족하고, 안주할 때가 아니다.

무한자의 꿈은 더 높은 곳을 향했기 때문이다.

"우리의 인연은 오늘이 끝이다."

적운비는 무한자의 말을 경청했다.

결국 자신이 무한자를 가르친 꼴이니 입이 열 개라도 할 말이 없었다. 그저 단죄하지 않는 것만으로도 감사히 여겨야 했다.

한데 뒤이은 무한자의 말에 적운비는 눈을 휘둥그레 떴다.

"그러나 진무제가 열리는 날, 너와 나의 인연은 다시 시작될 것이다."

무한자는 그 말을 남기고 용호적문을 향해 날아올랐다.

쿵!

적운비는 용호적문이 닫힌 후에도 자리를 뜨지 않았다. 그의 표정에는 무한자에게 직전제자의 제안을 받았을 때보다 더 큰 충격이 감돌고 있었다.

내후년에는 진무제(眞武祭)가 열린다.

진무제는 조사전에 제를 올리는 것 외에도 여러 가지 행사를 포함했다.

그중 하나가 바로 정식제자를 뽑는 것이다.

그러니 무한자는 그때 다시 만나자는 약속을 한 것이나 다름없었다.

잠시 후 적운비는 용호적문을 올려다보며 천천히 손을 모았다.

"감사합니다."

태어나서 처음으로 자신의 마음을 올곧게 알아준 상대에 대한 존경의 의미였다. 또한 자신이 외롭지 않게 알아주는 이를 내려 보내 준 하늘에게 감사하는 마음이기도 했다.

적운비는 한참 동안 푸른 하늘을 응시하며 석상처럼 움직이지 않았다.

그리고 잠시 후 나직이 한 마디를 흘렸다.

"생각했던 대로 무당은 좋은 곳이야."

第七章
반골(反骨)의 분노

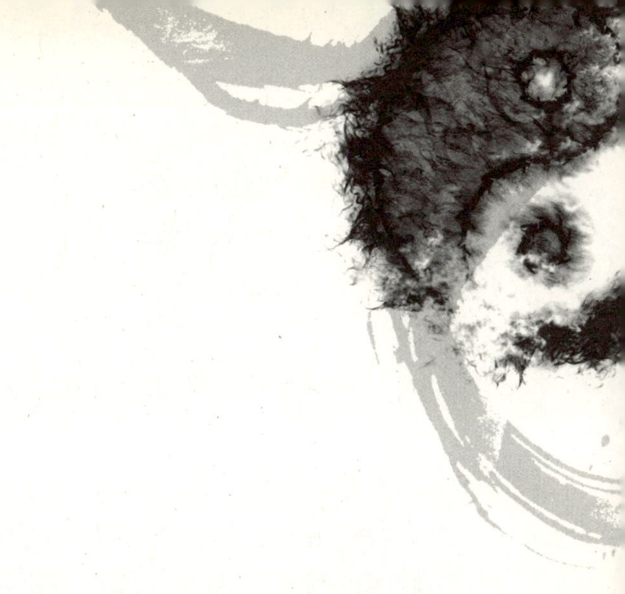

적운비는 상청관의 뒷간을 청소하며 혀를 찼다.

"쯧! 이 녀석들은 언제나 어수선하군."

수련관마다 특징이 있었다.

그중 상청관은 진저리가 쳐질 정도로 더러웠다.

적운비는 헛웃음을 지으며 뒷간 구석에서 빈 술병을 꺼냈다. 뒷간의 구린내와 퀴퀴한 냄새가 뒤섞여 절로 코를 움켜쥐게 만들었다.

"이것 봐라! 아주 막 나가네."

이내 낙엽더미에서 갈가리 찢긴 협객지와 너덜너덜해진 춘화집도 발굴됐다.

"하긴 놀랄 일도 아닌가?"

적운비는 코웃음을 치며 청소를 시작했다.

시실 상청관에서 어떤 금지 물품이 나와도 놀라지 않을 것이다.

애초부터 상청관은 정사지간의 문파나 방파의 제자들을 받아들였기 때문이다. 강호가 구파로 대변되던 시절이었다면 꿈도 못 꿀 일이었다.

하나 지금은 구파가 아닌 사태천의 세상이다.

사태천끼리 영역을 나눈 이후 힘을 증명하는 것은 다름 아닌 무인의 숫자였다.

그렇기에 사태천에 속한 천룡맹은 정사지간의 무인들까지 정파인으로 포함시키는 강수를 두었다.

그로 인해 천룡맹에 속한 무당파 역시 문도를 받는 데 있어서 차별을 둘 수가 없었다.

천룡맹의 영역에 있는 이상 그들의 심기를 거스를 수는 없었기 때문이다. 오히려 자질이 출중한 아이라면 기를 쓰고 선점하려 했다.

무당파의 중흥을 위해서라지만, 씁쓸하지 않을 수가 없는 현실이었다.

어찌 됐든 그렇게 만들어진 것이 상청관이다.

'아! 지긋지긋하다.'

적운비는 인상을 쓰며 기지개를 켰다.

제아무리 수련에 장소가 중요치 않다지만, 뒷간에서 이리 뛰고 저리 뛰는 것이 마음에 들 리 만무했다.

게다가 일전에 부딪친 상청관이다 보니 마음부터 내키지가 않았다.

"후아! 도저히 안 되겠다! 글렀어. 여긴 이미 오염지역이야!"

적운비는 허리를 펴며 탄식했다.

차라리 허물고, 다시 세우는 것이 나을 정도였다.

그 덕에 깨끗하게 청소할 필요가 없었다.

생각보다 일찍 마무리한 탓에 시간이 여유롭다.

적운비는 아무렇지도 않게 바가지를 들었다.

건곤구공을 수련하려는 것이다.

균형을 맞추기 힘든 바가지와 미끌거리는 바닥에도 익숙해진 지 오래였다.

그래서인지 수련은 생각보다 싱겁게 끝났다.

'흠…….'

적운비의 궁극적인 목표는 어떤 장소, 어떤 상황에서도 자연스럽게 건곤구공을 펼치는 것이 아닌가.

게다가 백화를 구할 때 펼쳤던 건곤구공에 대해서는 아직도 이해할 수 없는 점이 많았다.

적운비의 상상을 뛰어넘는 엄청난 속도.

그것이 곡선으로 이뤄졌기에 더욱 놀라웠다.

하나 여전히 어떻게 펼쳤는지 알 수가 없었다.

'이것 하나는 확실해졌지!'

적운비는 아홉 개의 미로를 구성하는 수많은 선에 무장선(無障線)이라는 이름을 붙였다.

막힘이 없는 선.

이것은 결코 우연히 만들어진 것이 아니었다.

검천위가 남긴 유산이며, 적운비가 후대에 반드시 전해야 할 무당의 역사였다.

'반드시 전하겠습니다.'

적운비는 미간을 찡그리며 무거운 숨을 토해 냈다. 사문에 밝히지 못하는 점을 못내 아쉬워하는 것이다.

그렇기에 더욱 지독하게 자신을 몰아붙였다.

'목표는 무장선의 해독이다!'

건곤구공으로 시작되는 무장선을 해독할 수 있다면 언젠가는 분명 검천위에게 닿으리라.

한데 이것조차 이제는 너무 익숙하다.

적운비는 주변을 살피다가 눈을 가늘게 떴다.

'저건 좀……'

낡은 지게와 지게에 묶어 놓은 커다란 통.

적운비는 자신도 모르게 마른침을 꿀꺽 삼켰다.

지금껏 몇 번이나 손과 발에 오물이 튀지 않았던가. 한데 지게를 짊어지게 되면 조금만 비틀거려도 앞뒤로 똥물을 뒤집어쓸 것이다.

"하하, 이 정도는 되어야 성과가……."

적운비조차도 살짝 불안했던지 스스로를 향해 쉼 없이 중얼거렸다.

잠시 후 적운비는 지게를 짊어진 채 심호흡을 했다. 가만히 서 있는데도 지게는 출렁거린다.

'이거 장난이 아닌데?'

적운비는 호흡을 가다듬고, 천천히 자세를 잡았다. 호흡이 안정될수록 몸 전체가 미동조차 않은 채 대지에 뿌리박힌 듯 보인다.

눈을 가늘게 뜨며 천천히 숨을 내쉬었다.

그와 동시에 건공구공이 손과 발을 통해 모습을 드러냈다.

출렁거리는 바가지는 어느새 적운비의 손바닥과 손등, 손끝을 휘돌았다.

덩달아 출렁거림마저 잦아든다.

바가지는 쉼 없이 움직이고 있지만, 내용물은 마치 바닥에 놓인 것처럼 물결조차 치지 않는 게다.

‘이제는 쇠공과 다르지 않아.’

적운비는 바가지를 움직이는 가운데 하체에 신경을 집중했다. 그러나 건곤보의 첫 걸음을 떼는 순간 크게 휘청거리며 비틀거렸다.

“크흑!”

지게의 흔들림은 바가지에 비할 바가 아니었다.

몸 전체가 휘청거릴 정도였다.

‘엎어진다!’

그 순간 백화를 구할 때 보였던 무장선이 자신을 휘감았다.

그때와 다르다.

무장선이지만, 궤도와 길이가 전혀 달랐다.

새로운 녀석이다!

적운비는 무장선을 따라 급히 다리로 균형을 잡고, 휘청거리는 힘의 흐름을 거스르지 않았다.

그리고 지게와 상체의 흐름이 비슷해지는 시점에 허리힘만으로 원을 그렸다.

“큭!”

허리가 비틀리며 근육과 척추가 비명을 질렀다.

그러나 적운비는 제자리에서 핑그르르 돌며 멈춰 서는데 성공했다.

‘뭐지?’

적운비는 방금 전의 상황을 뇌리에 복기했다.

분명 지게의 무게를 이기지 못하고 넘어졌어야 하는 상황이 아닌가. 이처럼 한 방울도 흘리지 않을 수는 없는 법이다.

한데 바가지는 물론이고, 지게에 얹어 놓은 통조차 출렁거림이 없었다.

이것은 단순하게 넘어지지 않은 것이 아니라 완벽하게 균형을 이뤘다는 증거였다.

‘요행이라지만, 너무 절묘했잖아!’

수많은 무장선 중에서 필요한 것을 뽑아낸다는 것은 불가능에 가까웠다.

하나 적운비는 긴박한 순간 가장 자연스럽게 균형을 이룰 수 있는 방법을 찾았고, 활용했다.

다시 같은 상황이 온다면 할 수 있을까?

‘할 수 있을 것 같아.’

두 번째 무장선이 풀린 것이다.

앞으로 나아가는 법, 균형을 잡는 법.

이것이 설령 요행이라고 할지라도 시작이 반이라는 말도 있지 않은가.

적운비의 얼굴에 홍조가 일었다.

생각지도 못한 발견에 절로 마음이 들떴다.

'완벽한 균형은 곧 태극을 의미하잖아. 그런데 내가 그 태극을 이뤘다고!'

한데 적운비의 환희는 오래가지 못했다.

갑작스럽게 들려온 여러 발소리 때문이었다.

그리고 그 순간 창밖에서 조롱 가득한 웃음이 들렸다.

상청관도들이 돌아온 것이다.

"어이! 저거 똥쟁이 아냐?"

십수 명의 소년이 모여 있었다.

"아! 일찍 온 보람이 있네. 저 꼴도 보고!"

"키킥! 지게 짊어진 꼴이 너무 잘 어울리잖아."

그 뒤로 성호림이 모습을 드러냈다.

성호림이 나타나자 상청관도들 대부분이 긴장을 하며 눈치를 봤다.

'쯧, 싹수가 노란 녀석이라니까.'

적운비는 그 모습에 혀를 차면서 손을 흔들었다.

"오랜만이네. 성호림."

성호림은 코웃음을 치며 삐딱한 자세를 취했다.

"성호림? 내가 네 친구냐? 운 좋게 빠져나가더니 주둥이가 더 매끄러워졌구나."

그 순간 적운비의 미소가 더욱 짙어졌다.

"너만 하겠냐?"

성호림의 표정이 종잇장처럼 구겨졌다.

그러나 이내 비열한 웃음을 흘리며 말을 이었다.

"청송관에서는 무공은 안 가르치고, 천문과 역학만 가르친다며? 아니, 못 가르쳐서 다른 걸 배우는 건가? 하하하! 나중에 복자가 되면 연락하거라. 내 복비는 후하게 쳐주마."

적운비의 미소가 더욱 진득하게 변했다.

청송관도들이 보았다면 놀람을 금치 못했을 것이다. 미소에 장난기가 사라졌고, 그 자리를 서늘함이 대신했기 때문이다.

"천박하구나."

"뭐, 뭐 임마?"

성호림은 서늘한 적운비의 음성에 당황한 듯 인상을 썼다.

그러고는 관도들을 향해 턱짓을 했다.

"천박? 어디서 감히 누구한테! 따라 나와. 너 오늘 진짜 제대로 걸렸다."

한데 적운비는 일말의 망설임도 없이 성큼성큼 나섰다.

깨달음으로 인한 환희가 깨진 것은 상관없지만, 걸러 들을 수 없는 한 마디가 있었다.

이학인.

그는 비록 상승의 경지에는 오르지 못했으나, 무당파의 일원으로서 부끄러움이 없는 사람이다.

자신이 이렇듯 새로운 곳에 적응하고, 함께 어우러질 수 있게 만들어 준 사람이란 말이다.

그렇기에 적운비의 눈빛은 그 어느 때보다 강렬하게 번뜩였다.

그러자 오히려 당황한 쪽은 상청관도들이었다.

하나 성호림이 급히 상청관도들을 다독였다.

"휘둘리지 마라. 저 자식은 저게 다야."

적운비는 그 모습에 피식 웃었다.

"가자. 시간 없다."

"무슨 시간?"

적운비는 대수롭지 않게 어깨를 으쓱거렸다.

"수련에 늦으면 안 되잖아?"

성호림은 입매를 꿈틀거리며 살기가 느껴질 정도로 음산한 한 마디를 흘렸다.

"흥! 넌 당분간 의당에 누워 있어야 할 거다. 아니면 이 무당산에 묻히든가!"

하지만 성호림은 결코 알지 못했다.

적운비의 눈빛은 한층 더 서늘해졌음을 말이다.

　　　　＊　　　　＊　　　　＊

관도들은 오전 수련을 준비하느라 분주했다.

하나 싸움에 관한 소식은 바람보다 빠르게 수련관 전체를 휩쓸었다.

그것은 여아들의 숙소인 옥청관도 마찬가지였다.

"홍화, 홍화! 소식 들었어?"

홍화는 부드러운 머릿결을 길게 늘어트린 채 정숙한 자세로 꽃을 다듬고 있었다.

그녀는 꽃에 시선을 집중한 채 담담한 어조로 말했다.

"너무 목소리가 크잖니. 두 사람만 있는 것도 아닌데 말이야."

소녀는 시무룩한 표정으로 방을 살폈다.

"우리 둘만 있는데……."

하나 홍화라 불린 소녀는 빙긋 웃으며 꽃잎을 매만졌다.

"이 아이는 정숙과 절개를 뜻한단다. 그러니 옆에 있을 때에는 목소리를 낮춰 주는 게 어떨까?"

소녀는 반짝거리는 눈빛으로 홍화를 쳐다봤다.

같은 여자임에도 넘치는 기품과 정숙함으로 인해 후광이 비치는 듯했다.

“미, 미안해.”

“괜찮아. 다음부터 주의해 주렴.”

홍화가 배시시 웃으며 말하자, 소녀는 사면이라도 받은 사람처럼 좋아했다.

무가의 딸인 자신과는 태생부터 다른 품격이 엿보인다.

“그런데 무슨 일로 아침부터 호들갑이야?”

소녀는 목소리를 한껏 낮춘 채 나직이 말했다.

“싸움이 났대. 상청관의 성호림이라는 애랑 청송관의…….”

홍화가 미간을 찡그리자, 소녀는 자신이 싸움이라도 벌인 것처럼 미안해하며 말끝을 흐렸다.

“무당파의 무공도 중요하지만, 우리 소녀들은 도가의 기품과 청명함을 배워야 하지 않을까? 서로를 때리고, 욕설을 내뱉는 무도한 아이들과는 어울리지 말자.”

“미, 미안해요.”

소녀는 존댓말까지 쓰며 미안함을 표했다.

그러자 홍화는 자신의 옆자리를 손바닥으로 가볍게 두드리며 말을 이었다.

“이리 앉아 봐. 오늘은 내가 꽃을 가꾸는 방법을 가르쳐 줄게.”

소녀는 여전히 싸움에 미련이 남았나 보다.

안 된다는 것은 알지만, 무가의 피가 어디 가랴.

한데 그 순간 창밖을 보던 소녀의 시선에 특이한 광경이 들어왔다.

어여쁜 외모와 어울리지 않게 싸늘한 표정을 한 소녀가 옥청관을 나서고 있지 않은가.

"어?"

"왜 그래?"

홍화가 고개를 갸웃거리자, 소녀는 신기한 것을 본 사람처럼 들뜬 기색으로 말했다.

"백화가 나가는데?"

그 순간 홍화의 눈동자가 흔들렸다.

"그 아이가? 밥 먹을 시간도 아깝다고 수련을 하는 애잖아. 게다가 수련은 옥청관에서 하는데?"

"그러게 말이야. 저쪽은 상청관 방향인데……."

홍화의 눈동자가 다시 한 번 흔들렸다.

'사내라면 질색을 하던 아이가 싸움을 보러 상청관에 간다고?'

홍화가 알던 백화는 사내로 태어났다면 태청관에 입관했을 정도로 열의와 자질이 뛰어났다.

그러나 그녀가 아무리 열심히 해도 태청관은 사내들의 몫이었다.

한데 그런 그녀가 제 발로 나서고 있다.

스르륵—

홍화는 천천히 몸을 일으켰다.

그러고는 길게 늘어진 소매로 양손을 숨겼다.

"가자."

"어, 어디?"

소녀를 등진 홍화의 눈매는 매섭게 솟구친 상태였다. 하나 흘러나오는 목소리는 여전히 얌전하고, 다정다감했다.

"우리도 가 보자."

잠시 후 그녀가 처소를 나서자, 십여 명의 소녀들이 뒤를 따랐다.

홍화는 저만치 앞에 걸어가는 백화에게서 눈을 떼지 않았다.

'진예화, 뭐가 너를 움직이는 거니?'

옥청관에 퍼진 소문이 잔잔했다면, 태청관에 퍼진 소문의 파급력은 그야말로 태풍과도 같았다.

"상청관의 성호림이 육포 도둑하고 붙는다!"

"소악귀가 반골을 끌고 갔어!"

"그 허풍쟁이가 오늘 죽는다!"

"둘 중 누가 이기든 당분간 조용하겠군. 하하!"

수십 명의 관도들 사이를 떠돌수록 소문은 증폭됐고, 호기심은 더욱 강해졌다.

벽천 진인에게 허풍을 떨어 입관한 적운비.
관도들을 괴롭히고, 종 부리듯 억압하는 성호림.

두 사람 다 태청관과 연이 있었다.
성호림은 출신과 성격만 아니었다면 당연히 태청관에 들었을 것이라는 소문이 파다할 정도였다.
또한 적운비는 태청관에서 최단 기간 퇴출이라는 불명예스러운 기록을 지니고 있었다.
"하하하! 이거 꼴통들끼리 만났잖아."
조상은 깔깔거리며 태청관을 가로질렀다.
그는 태청관에서 가장 말이 많고, 잡다한 일에 관심이 많았다. 그럼에도 불구하고 태청관에서 세 손가락 안에 들 정도의 실력자였다.
"들었냐?"
그는 경박할 정도로 실없는 웃음을 흘리며 침상에 앉아 있는 소년에게 말했다.
대답은 들려오지 않았다.
한데 소년의 모습은 보는 순간 감탄을 불러일으킬 만큼

올곧았다. 게다가 정좌를 취한 채 쉼 없이 도경을 읊조리며 상념에 잠겨 있지 않은가.

"어이! 백이강. 내 말 안 들리냐?"

조상의 말을 귓등으로 흘리는 소년이 바로 태청관에 수석으로 입관했고, 장로들의 관심을 한 몸에 받고 있는 주인공이었다.

고지식한 성품과 수련에 대한 열의는 타의 추종을 불허하니 지금껏 단 한 번도 수련관 내에서 일등을 놓쳐 본 적이 없었다.

그렇기에 조상의 들뜬 목소리는 마치 바람처럼 귓가를 스쳐 지나갈 뿐 백이강의 관심을 끌지 못했다.

"싸움 났다고!"

태청관의 관도들조차 호기심을 이기지 못하고 하나둘씩 상청관 쪽으로 이동했다.

조상은 몸이 달은 것처럼 거듭 말을 이었다.

"애들 다 가네? 우리도 가자!"

하나 백이강은 요지부동이었다.

결국 근처에서 목검을 손질하고 있던 소년이 미간을 찡그리며 말했다.

"야! 시끄러우니까 꺼져."

큰 키에 호리호리한 체구를 지닌 소년은 태청관의 차석

인 왕차재였다. 인상은 싸늘하기 그지없었고, 성격은 인상보다 더욱 차가웠다.

일반 관도들은 섣불리 말도 걸지 못할 정도였다.

하나 조상만은 예외였다.

그는 키득거리며 백이강과 왕차재를 번갈아 쳐다봤다.

"안 간다고?"

"그깟 애들 싸움에 뭐 볼 게 있다고 가냐! 넌 시간이 남아도나 보지?"

왕차재의 독설에도 조상의 미소는 여전했다.

마치 숨겨둔 패를 지닌 것처럼 말이다.

"무한 도장께서 말이야. 요즘 매일같이 아침 산책을 나오신다더라."

그 순간 태풍이 몰아쳐도 끄떡없을 것만 같던 백이강의 귓불이 움찔거렸다.

"……."

조상은 피식 웃으며 말을 이었다.

"등선로에서 청소하고 있는 적운비를 보러 말이야. 하루도 빼놓지 않고……."

그 순간 백이강이 정좌를 풀었다.

백이강의 두 눈은 부리부리했고, 얼굴은 그의 성정을 드러내듯 각져 있었다.

"무한 사백께서 그 녀석에게 관심이 있다고?"

조상은 어깨를 으쓱거렸다.

"글쎄다. 나도 들은 얘기니까……."

백이강은 잠시 눈을 감고 생각에 잠겼다. 그러나 이내 몸을 일으키더니 성큼성큼 처소를 나서는 것이 아닌가.

"좋냐?"

왕차재는 도발한 조상이나, 도발당한 백이강이나 우스웠다. 어차피 수련관은 정식제자가 되기 전에 그저 거처 가는 곳에 불과하지 않은가.

정식제자가 되면 만나지도 못할 녀석들의 싸움을 보아서 무엇한단 말인가.

한데 조상은 백이강이 떠난 후에도 왕차재를 향해 유혹하듯 말했다.

"온실 속의 화초를 꼬드기는 거야 우습지. 게다가 흥미로운 건 같이 즐기자고. 우리는 모두 같은 태청관도잖아."

왕차재는 코웃음을 쳤다.

"흥! 같은 태청관도? 웃기고 있네. 정식제자가 되기 전에는 말 걸지 마라. 귀찮다."

조상은 왕차재의 냉소에도 미소를 잃지 않았다.

오히려 이번에는 네 차례라는 듯 눈을 반짝이고 있지 않은가.

‘훗! 너라고 다를 것 같으냐? 곱게만 자란 놈들이…….’

왕차재가 조상의 시선을 퉁명스레 받아쳤다.

“뭐야? 왜 그렇게 재수 없게 쳐다봐?”

“그냥 다 같이 모여서 보면 서로 친분도 다지고 좋을 텐데 말이야.”

왕차재는 뜻 모를 소리에 미간을 찡그렸다.

하나 뒤이은 조상의 말에는 다시금 눈을 휘둥그레 떠야 했다.

“옥청관에서도 꽃들이 나설 정도니 흔치 않은 기회인데 말이야.”

왕차재의 얼굴에 화색이 돌았다.

마치 한순간에 겨울이 지나고 여름이 온 듯한 표정이 아닌가.

“꽃? 어느 쪽?”

조상은 마치 대어를 낚은 어부처럼 득의의 표정을 지었다.

“옥청쌍화가 모두 나섰다.”

왕차재의 두 눈이 휘둥그레졌다.

사문의 일이 아니면 백화나 홍화나 수련관 출입이 드물지 않던가. 그렇기에 쌍화(雙花)를 본 수련생은 손에 꼽을 정도였다.

왕차재는 믿을 수 없다는 표정이었다.

하나 조상은 헤죽 웃으며 유혹을 하듯 말했다.

"둘 다 상청관으로 가는 걸 확인했다."

"진짜냐?"

"내 정보가 틀린 적이 있던가?"

조상은 대답도 듣지 않고 숙소를 나섰다.

그리고 그가 예상했던 대로 잠시 후 왕차재가 따라붙었다.

'둘 다 나한테는 우습지. 크큭!'

왕차재가 헛기침을 하며 딴소리를 했다.

"그런데 둘이 싸우면 누가 이기냐?"

조상은 헛웃음을 흘렸다.

꼴에 자존심은 있어서 여자 때문에 나섰다는 소리를 듣고 싶지 않은가 보다.

하지만 이 정도 맞춰 주는 건 일도 아니다.

조상은 일말의 망설임도 없이 대꾸했다.

"성호림이 이기지. 그놈은 입관 전부터 무공을 익히고 있었어."

"호사방이라면 무시할 정도는 아니지."

조상은 눈을 가늘게 뜨고 웃음을 지웠다.

"무엇보다 그 새끼는 때릴 줄을 알아."

왕차재가 조상의 말뜻을 모를 리 없다.

그는 대수롭지 않게 남 얘기하듯 한 마디를 흘렸다.

"흥! 그냥 꽃이나 구경해야겠군."

*　　　*　　　*

상청관 뒤쪽에는 꽤 넓은 공터가 있었다.

본래 숲이었던 곳을 상청관도들끼리 정비한 것이다. 즉, 녀석들이 패악질을 벌이는 근거지라는 뜻이리라.

상청관도들은 공터에 가까워질수록 더욱 기고만장하여 마치 파락호처럼 굴기 시작했다.

제 세상이라 이거다.

적운비는 그 모든 것을 눈에 담으면서도 코웃음을 쳤다. 하나 마음속 깊은 곳에서 피어오르는 서늘한 분노만은 감추지 못했다.

아무리 무당파가 쇠락했고, 천룡맹의 정책이 그러하다고 해도 사람이라면 가려야 할 일이 있는 거다. 특히 무당에 몸을 담은 자라면 더더욱 선대를 욕해서는 아니 되는 것이다.

적운비로서는 결코 용납할 수 없었다.

오히려 자신으로 인해 이학인이 모욕을 당했다는 생각이

더욱 강렬했다.

적운비는 분기가 치솟을수록 더욱 진한 미소를 그렸다.

"야! 그거 언제까지 짊어지고 갈 거야?"

상청관도 중 한 명이 코를 막고 적운비가 짊어진 지게를 가리켰다.

"그럼 네가 가지고 갈래?"

적운비의 한 마디에 녀석은 시선을 피하며 사라졌다. 어떤 녀석은 겁이라도 주려는지 목검을 허공에 휘두르며 난리법석을 피웠다.

그러나 적운비가 똥바가지를 던지는 시늉에 뒤도 돌아보지 않고 도망쳤다.

"오! 관중들이 많네?"

공터에는 어디서 어떻게 알고 왔는지 태청관과 상청관의 관도들로 가득했다.

그리고 반대편에는 옥청관의 여아들이 마치 진을 친 것처럼 홍화와 백화를 감싸고 있었다.

"크큭! 똥통에 처박아 주마. 개망신 당한 후에도 웃을 수 있는지 보자고!"

성호림의 욕설에도 적운비는 관중들을 살피느라 여념이 없었다.

적운비는 태청관도들을 보고 피식 웃었다.

'백이강, 왕차재, 역시 난 놈들이네.'

어릴 때부터 남들과 다른 자질을 보이던 녀석들이 아닌가. 태청관에서 짧게 생활하는 동안 그의 이목을 끌 정도였다.

하나 여전히 오만한 기색이 역력하다.

이대로라면 머지않아 벽에 부딪치리라.

'쯧! 혼자 있다는 게 얼마나 쓸쓸한 건지 너희들은 아직 모르겠지.'

자신의 안목이 빛을 발한 듯하여 기분이 좋았다.

반면 상청관에는 기억나는 녀석들이 없었다.

싹수가 노랗던 성호림을 제외하면 누구 하나 적운비의 안중에 없었던 게다.

'음……'

적운비는 옥청관을 살피다가 눈을 동그랗게 뜨며 히죽 웃었다.

예상치 못했던 사람이 있지 않은가.

'백화?'

진예화가 애써 자신의 시선을 피한 채 팔짱을 끼고 있었다. 하나 주변을 감싼 여아들로 인해 그녀의 신분을 유추하는 것은 어렵지 않았다.

'호오, 저쪽은 홍화? 예쁘긴 하네.'

적운비는 진예화를 향해 손을 흔들었다.

친인을 대하는 것처럼 해맑은 모습에 옥청관의 여아들은 당황스러움을 감추지 못했다.

"저 아이, 뭐니?"

"누구한테 인사하는 거야? 너 알아?"

"흥! 하여간 사내들이란……."

당사자인 진예화는 어떻겠는가.

'저, 저게…….'

시선을 피하는 순간 적운비의 인사를 받아들이는 것이 된다. 옥청관도들 사이에서 뒷말이 나올 것은 불을 보듯 명확했다.

진예화는 평소와 같은 표정으로 공터를 쳐다봤다.

옥청관의 경쟁자라고 할 수 있는 홍화의 시선이 느껴질수록 진예화의 눈빛은 더욱 냉담하게 변했다.

'딱히 다른 뜻이 있어서 온 건 아니잖아?'

진예화는 애써 스스로를 다독였다.

본래 사내란 경쟁 상대에 불과하지 않았던가.

수련관에서 자신이 신경 쓸 사람은 백이강 정도에 불과하다고 여겼다.

한데 적운비는 짧은 만남으로도 그녀에게 강한 인상을 남겼다.

허세? 꼴통? 반골? 말썽꾸러기?

세간의 평가와 적운비의 눈빛은 너무도 상이했다.

그리고 무엇보다 엄청나게 빨랐다.

자신조차 안기고 난 후에야 정신을 차렸을 정도로 말이다.

게다가 그 후 마주한 눈빛은 여전히 기억의 한쪽을 채우고 있었다.

그렇기에 싸움 소식을 듣는 순간 자신도 모르게 걸음을 옮기게 된 것이다.

그러니 아는 척은 그만하고 보여 봐라.

네가 누구인지!

진예화는 냉담한 시선을 유지했으나, 적운비를 쳐다볼수록 입술을 삐죽거리는 것은 인지하지 못했다.

적운비는 자신을 모른 척하는 진예화의 마음을 이해했다. 기분 좋은 만남도 아니었거니와, 주변에 사람이 너무 많았기 때문이다.

소문을 들으니 사내라면 질색을 한다더라.

하지만 이해하는 것과 배려하는 것이 항상 같을 필요는 없었다.

적운비의 입가에 짓궂은 미소가 그려졌다.

한데 진예화의 이름을 부르려는 순간 걸걸한 목소리가 끼어들었다.

"이 자식이! 지금 나 무시하는 거냐?"

성호림이 소매를 걷어붙이고는 씩씩거렸다.

무슨 운동을 했는지 또래에 비해 훨씬 우락부락한 근육이 드러났다.

적운비는 그 모습에 입술을 오므리며 탄성을 흘렸다.

"하아."

"크큭! 겁먹었냐? 구경꾼이 이만큼 모였는데 설마 도망치지는 않겠지?"

잠시 후 적운비는 혀를 끌끌 찼다.

그의 표정에는 진심으로 안타까워하는 기색이 역력했다. 모르는 이가 보았다면 절친에 대한 근심이 상당하다고 오해할 만한 상황이었다.

"넌 진짜 아무 생각이 없구나."

"뭐?"

성호림이 인상을 구겼지만 적운비는 개의치 않고 말을 이었다.

"지금쯤 상청관은 청풍검을 끝내고 칠성검과 칠성권을 배우지 않나? 건곤보도 끝냈을 테니 건곤구공과 유운신법을 익히겠군."

성호림은 코웃음을 쳤다.

수련관마다 교류는 없었지만, 은연중에 어느 과정을 익히는지는 알고 있는 게 사실이었다.

그렇기에 적운비의 말에 의의를 둘 필요가 없었다.

"쯧쯧, 네 몸을 보니까 뭐 하고 다니는지 안 봐도 뻔하구나."

성호림의 얼굴이 새빨갛게 달아올랐다.

그러지 않아도 상청관주로부터 매번 지적을 받는 것이 바로 몸뚱이었다. 무당의 무학은 외문기공과는 궤를 달리하니 근육보다 유연성을 길러야 한다고 말이다.

하나 그것은 상청관주가 했을 때 받아들일 수 있는 말이지 결코 청송관의 꼴통이 지적해서는 안 되는 게다.

"너 오늘 죽었어!"

성호림이 양팔을 벌린 채 다짜고짜 달려들었다.

하나 적운비는 반대편으로 몸을 돌리며 성호림의 돌격을 피했다.

"야, 이거 괜찮겠어? 뒤집어쓸지도 모른다."

적운비가 등 뒤의 지게를 툭툭 치며 말하자, 성호림은 씩씩거리면서도 공격을 멈췄다.

행여 놈을 두들겨 패다가 똥물을 뒤집어쓰기는 싫었기 때문이다.

“그래, 지게 때문에 졌다는 핑계를 들을 수는 없지. 벗어라. 기다려 주마.”

적운비가 한쪽으로 걸어가자, 근처에 있던 관도들이 우르르 밀려났다.

커다란 통을 막은 뚜껑이라도 없었다면 구경은 고사하고 모두 도망갔을 것이 분명했다.

적운비는 지게를 내려놓고 허리를 비틀었다.

마치 체조를 하는 듯한 모습에 성호림의 인상은 더욱 일그러졌다.

“됐다.”

그 순간 적운비가 싱긋 웃으며 손가락을 까딱거렸다. 그리고 그것을 본 성호림은 이성을 잃고 분노를 폭발시켰다.

“크아아아!”

건곤보를 더욱 빠르고, 더욱 부드럽게 펼치기 위한 보법이 바로 유운신법(流雲身法)이었다.

하지만 성호림의 움직임에서 유운신법의 묘리를 찾기란 불가능했다. 애초에 건곤보마저 무시한 채 힘으로 밀어붙이려는 생각이 빤히 들여다보였다.

적운비는 최소한의 움직임으로 성호림을 피했다.

불빛이 그리운 곳에서 힘겹게 버티지 않았던가.

애초에 겁먹지 않고, 끝까지 시선을 떼지 않으면 피하는 것은 그리 어렵지 않았다.

"이 자식이!"

성호림은 적운비가 피할수록 소리를 질렀다.

잡기만 하면! 손끝에라도 걸리면!

한 방에 쓰러트릴 수 있다.

하지만 적운비는 미꾸라지처럼 자신의 손아귀를 벗어날 뿐이었다.

"진정해라. 도저히 수준 낮아서 못 어울리겠다."

성호림은 눈을 부릅떴다.

적운비의 표정은 실망과 짜증으로 가득했기 때문이다. 자신을 조롱하기 위해서가 아니라 진심으로 그렇게 느끼고 있다는 뜻이 아닌가.

"크흑!"

성호림은 주먹을 말아 쥔 채 얼굴을 노렸다.

하지만 적운비는 허리를 젖히는 것만으로 성호림의 주먹을 피했다. 주먹을 휘두를 때마다 바람 소리가 일어날 정도이니 맞았다가는 코뼈가 으스러지는 것은 일도 아니리라.

그러나 관중들의 시선은 조금씩 성호림이 아닌 적운비를 좇고 있었다.

평정심은 물론이고, 동체시력까지 보는 이들을 놀래기에 충분했다.

“저게 청송관도라고?”

“상청관 수석은 성호림이 아니었나?”

“정사지간에서 온 놈이 뻔하지!”

“지금은 흥분해서 그래. 성호림이 정신 차리면 상대가 안 될걸?”

“그래도 쟤 좀 괜찮지 않니? 양곡전을 털 정도로 배포도 있어 보이고, 외모도 꽤…….”

“계집애. 언제는 백이강 아니면 다 멍청이라며?”

“조용히 해, 옥청관도로서 품위를 지켜.”

홍화의 담담한 한 마디가 흘러나오는 순간, 적운비와 성호림의 분위기가 뒤바뀌었다.

성호림은 지금까지와는 달리 자세를 취했다.

상체는 칠성권, 하체는 건곤보.

“하앗!”

성호림은 자세를 한껏 낮추고 내달렸다. 속도는 예전보다 느렸지만, 묵직함은 배가됐다.

적운비는 흡사 맹수의 기세에 눌린 것처럼 멀뚱히 서 있을 뿐이다. 성호림이 지척에 이르러 주먹을 말아 쥐었고, 곧게 내뻗었다.

“꺄악!”

옥청관도의 비명과 함께 몇몇은 눈을 돌렸다.

하나 그 순간 예상치 못한 일이 벌어졌다.

적운비 역시 건곤보를 펼치며 가볍게 비켜선 것이다. 한데 그 여파는 전혀 가볍지 않았다.

너무도 자연스럽게 공세를 피해 낸 것은 물론이고, 한 걸음을 내딛는 순간 두 사람의 위치가 완전히 바뀐 것이다.

적운비는 자신의 눈앞에 보이는 성호림의 등판을 향해 팔꿈치를 비스듬히 내리꽂았다.

퍽!

성호림은 등에서 느껴지는 고통과 함께 앞으로 밀려났다. 급히 손으로 균형을 잡지 않았으면 꼴사납게 나뒹굴었을 것이다.

"거봐. 살만 뺐으면 애초에 넘어질 위험도 없었을 거다."

적운비의 담담한 한 마디에 성호림은 억지웃음을 지었다.

"하하하! 새끼, 한 수가 있다 이거지? 내가 얕본 거 인정하마. 하지만 지금부터는 쉽지 않을 거다."

속내는 정반대였다.

분노를 감춘 만큼 적대감은 커졌다.

'크흑! 이 많은 사람들 앞에서 개망신을 줘?'

성호림의 입은 웃고 있었지만, 눈동자는 번들거리는 것

이 살기등등했다.

"연기하지 마. 안 어울린다."

이제는 성호림도 안다.

적운비의 저 짜증 나는 언행은 자신을 조롱하거나, 도발하기 위한 것이 아니라는 것을 말이다.

그냥 자신의 속내를 가감 없이 드러내는 게다.

'나를 만만하게 봐?'

성호림은 천천히 거리를 좁혔다.

예상외로 적운비의 건곤보가 뛰어난 이상 같은 방법으로 맞대응할 필요는 없었다.

자신은 놈이 알지 못하는 칠성권과 유운신법을 익히지 않았던가.

흥분하지 않고, 배운 대로만 하면 질 리가 없다.

놈은 청송관이다.

자질이 부족하고, 성취가 떨어지는 그런 놈이다.

성호림은 자신이 다가갈 때까지 미동조차 않는 적운비의 전신을 한눈에 담았다.

제대로 칠성권을 펼칠 생각이었다.

칠성권은 한 번의 주먹질로 일곱 개의 권영을 만듦으로서 대성을 이룬다. 물론 성호림에게 대성은 아직 먼 훗날의 이야기였다.

하지만 세 개까지는 가능했다.

물론 두 개로 펼치면 파괴력은 몇 배가 될 것이다.

"지금부터 내게 자비란 없다!"

성호림은 으르렁거리듯이 외친 후 적운비의 어깨를 향해 일권을 날렸다.

어깨를 향하던 주먹은 허공을 두들겼다.

적운비가 이전과 다름없이 손쉽게 상체를 휘돌린 것이다. 하나 성호림은 실망하지 않고, 재차 주먹을 뻗었다.

지금부터 칠성권의 시작이다.

정수리부터 회음부까지 북두칠성을 그리는 일곱 부위를 차례대로 두들겼다.

펑! 펑!

파괴력에 중점을 뒀기에 권영은 두 개에 불과했다. 하나 타고난 신력을 이용해 근육에 무리가 가는 것도 개의치 않고 재차 칠성권을 펼쳤다.

펑! 펑!

그 덕분에 성호림은 언뜻 보기에 여러 개의 권영을 동시에 만들어 낸 것처럼 보였다.

태청관과 상청관에서 감탄성이 쏟아져 나왔다.

하나 성호림은 더욱 이를 악물며 칠성권을 펼쳤다.

'맞아라! 맞아! 맞아라! 제발! 맞아!'

적운비는 눈을 가늘게 뜬 채 성호림의 모든 공격을 피해 냈다. 그러자 마치 약속을 한 비무처럼 공수가 물 흐르듯 연계되는 것이 아닌가.

"크아아아!"

성호림은 파괴력을 버리고 자신이 만들어 낼 수 있는 칠 성권을 최대한도로 펼쳤다.

동시에 세 개의 권영이 상중하(上中下)를 노리고, 좌중우(左中右)를 노린다. 사이사이에 변칙적으로 양손을 번갈아 휘둘렀다.

하지만 아무런 소용이 없었다.

적운비는 너무도 손쉽게 성호림의 모든 공세를 막아 냈기 때문이다.

'어떻게 이런 일이?'

결국 먼저 지친 쪽은 성호림이었다.

이제 태청관이나 옥청관은 안중에도 없다.

"목검을 줘!"

상청관도 중 한 명이 목검을 내밀었다.

성호림은 목검을 낚아채는 동시에 칠성검을 펼쳤다.

칠성권과 이름이 비슷하지만, 칠성검의 검로는 권법과 전혀 궤가 달랐다.

베고, 찌르고, 흘리고, 튕겨 내는 모든 기본적인 변화가 담긴 검법이다.

그만큼 공격하는 쪽에서도 심력의 소모가 컸다.

하나 수비하는 쪽은 더할 것이다.

당연히 그래야 했다.

비무장인 상대를 공격한다는 죄책감은 없었다.

육포를 훔치고, 똥이나 푸는 녀석이다.

때려죽인다고 해서 누가 뭐라고나 할까.

무엇보다 성호림은 호사방의 직계로 살아왔다.

"죽어!"

적운비의 눈매가 더욱 가늘게 변했다.

성호림의 표정과 외침에서 살기가 전해졌다.

'쯧! 답이 없군.'

적운비는 자신의 정수리를 쪼갤 듯이 내리꽂히는 검을 피해 슬쩍 몸을 비틀었다.

건곤구공은 그사이에 더욱 성취를 보여 이제는 의식하지 않아도 그의 몸은 언제나 원을 그렸다.

적운비는 자신의 어깨 옆으로 스쳐 가는 목검을 뒤로한 채 움직였다.

보보마다 건곤보의 방위를 점하니 한 걸음만으로도 목적했던 곳에 이르렀다.

적운비는 손을 쭉 편 채 성호림의 어깨 관절을 찔렀다.

“크악!”

성호림은 관절이 비틀리는 고통에 비명을 내질렀다. 하지만 그것으로 끝이 아니었다. 적운비는 성호림을 중심으로 원을 그렸고, 빈틈이 보일 때마다 두들겼다.

주먹으로 때리고, 무릎으로 찍고, 발로 걷어찼다.

성호림의 목검은 적운비의 발길질에 부러진 채로 이미 공터를 굴러다니고 있었다.

“크아아!”

손으로 막으면 손을 치우고 때렸고, 무릎을 들으면 찍어 내렸다. 심지어 몸을 웅크려도 주먹이 파고드니 차라리 쓰러졌으면 좋겠다는 생각이 들 정도였다.

그렇지만 쓰러지고 싶어도 쓰러질 수가 없었다.

넘어질 만하면 적운비가 어깨로 슬쩍 받쳐서 다시 세웠고, 주저앉으려 하면 무릎을 밀어서 강제로 일으켰다.

퍽!

성호림은 엉덩이를 걷어차이고는 괴성을 질렀다.

“크아아! 이 개자식! 죽여 버린다!”

하나 적운비의 눈빛은 소름이 끼칠 정도로 무심하기만 했다.

눈빛으로 성호림을 꿰뚫어 버릴 듯한 기세였다.

저 모습 어디에서 무당의 품격을 찾아야 하는가.

오히려 무당의 성스러움을 더럽히는 주범이다.

이런 놈들 때문에 자신이 그토록 보고 싶던 무당은 사라진 것이다.

게다가 놈은 이학인을 모욕했다.

그러니 놈의 말처럼 자비를 베풀 이유가 없지 않은가?

적운비는 양손을 늘어트렸다.

옥청관에서 지게를 짊어지고 태극을 이뤘을 순간이 자연스럽게 떠올랐다.

발로 가능하다면 손으로도 가능하다.

이러한 추측을 기반으로 건곤구공을 수련했던 것이다.

그 결과 온몸으로 태극을 만드는 데 성공했다.

"흐읍……."

적운비는 숨을 들이마시며 눈을 가늘게 떴다.

그 순간 다시 한 번 번쩍이는 선이 공간을 휘돌며 원을 그렸다. 적운비는 놀라는 대신 자연스럽게 양손으로 선을 따라 원을 그렸다.

공간이 물컹거리며 밀려난다.

손가락 사이로 미세하게 흘러나가는 바람이 꼬리를 만들며 이어졌다.

이것은 적운비가 지닌 밤톨만 한 내력으로 가능한 무위가 아니었다.

건곤구공이 완벽한 조화를 이루는 순간 저절로 일어난
일이었다.

결국 이것은 건곤구공, 그 자체의 위력이었다.

"후우……."

적운비는 숨을 내쉬며 온몸의 힘을 뺐다.

그러고는 처음으로 성호림을 향해 자세를 잡고 손짓을
했다.

"크흑! 이 니미럴!"

성호림의 욕설을 뚫고, 적운비의 청명한 한 마디가 스며
들었다.

"오라."

第八章
태극(太極)의 발현

조상은 자신도 모르게 부르르 떨었다.

"야! 저거 뭐냐?"

왕차재 역시 조상처럼 놀란 기색이 역력했다.

이건 아예 가지고 노는 수준이 아닌가.

게다가 성호림을 중앙에 두고 휘돌면서 두들겨 패는 모습은 경악을 넘어 소름이 끼칠 정도였다.

"무당에 저런 게 있었냐?"

왕차재의 중얼거림에 지금껏 침묵을 지키고 있던 백이강이 나직이 읊조렸다.

"건곤구공이다."

"건곤구공? 건곤구공에 저런 게 어디 있어? 그냥 쇠공을 자유자재로 다룰 정도의 균형을……."

왕차재는 말도 안 된다는 식으로 얘기를 하는 도중에 말꼬리를 흐려야 했다.

그리고 그가 생각하던 것을 조상이 더듬거리며 입 밖으로 꺼냈다.

"설마…… 성호림을 쇠공 삼아 건곤구공을 펼치고 있는 거냐?"

왕차재가 차가운 표정을 일그러트렸다.

'말도 안 돼. 그런 건 고수들이나 가능한…….'

하지만 결코 입 밖으로 내뱉지는 못했다.

입 밖으로 내뱉는 순간 적운비를 자신보다 윗줄로 인정하는 것이기 때문이다.

그 순간 그의 뇌리에 오래전 무사부가 몇 번이나 강조하던 한 마디가 떠올랐다.

건곤구공은 무당무학의 기틀이라고 할 수 있다.

딱히 성취가 드러나지는 않지만, 평생을 갈고닦아야 마땅할 것이야.

무당면장(武當綿掌)도 십단금(十段錦)의 경지에 이르려면 시작은 건곤구공에서 비롯됨이다.

‘설마 저 녀석은 우리랑 다르다는 건가?’

왕차재는 남몰래 혀를 차며 짜증을 감췄다.

반면 백이강은 여전히 속내를 드러내지 않은 채 담담하게 말을 이었다.

“쇠공을 공중에 띄웠다고 가정한 상태에서 건곤구공을 펼친다면 저런 상황이 될 수도 있지.”

“저런 게 가능하다고?”

조상의 물음에 백이강은 단호하게 말했다.

“건곤구공만으로는 불가능하다.”

“저 녀석은 청풍검, 삼합심법, 건곤보, 그리고 건곤구공밖에 익히지 않았어. 그렇다면 도대체 저 광경을 뭐라고 표현해야 하냐?”

백이강은 눈을 가늘게 뜬 채 말을 이었다.

“청송관이라는 되도 않는 껍데기는 머릿속에서 지워라. 적운비라는 관도만 생각해. 그런데도 떠올리지 못한다면 너희들은 멍청이다.”

조상은 골똘히 생각에 잠긴 반면 왕차재는 금세 고개를 끄덕였다.

“이강의 말이 맞아. 건곤구공만으로는 불가능하다. 하지만 건곤구공을 기반으로 한 태극권이라면 가능하지. 사실 청송관도가 하니까 놀라운 거지, 우리 중에서도 성호림을 저렇게 만드는 건 어렵지 않잖아?"

조상은 그제야 고개를 끄덕였다.

"그래, 태극권이라면 설명이 되지. 잠깐! 그런데 저 녀석이 태극권을 어떻게 알아? 저 녀석은 불과 달포 전에 건곤구공에 입문했다고!"

왕차재가 눈을 가늘게 떴다.

"설마! 따로 배운 건가?"

"그건 수련관의 규율에 위배되는 행위잖아!"

백이강이 갑자기 혀를 차며 고개를 내저었다.

"너희들은 여전히 겉모습에 속고 있구나. 청송관의 이 관주님은 무공을 포기한 후 무당파에 대한 죄책감이 엄청나신 분이야. 그런 분이 또 규율을 깨고, 따로 제자를 가르쳤다고? 아니, 애초에 이 관주님께 그런 실력이 있었나?"

왕차재는 백이강의 뛰어난 식견에 아랫입술을 깨물며 분기를 참았다.

"조상의 말에 따르자면 수련관의 모든 사람들은 저 녀석을 골칫덩이로 여기고 있다며? 그렇다면 따로 가르칠 사람은 없다고 봐도 무방해. 게다가 우리에게도 가르쳐 주지 않은 태극권이야."

백이강의 말에 조상이 헤죽거렸다.

"이야! 너 안 듣는 척하면서 다 듣고 있었냐?"

하나 왕차재는 조상과 달리 심각한 표정으로 물었다.

"너 그 말이 무슨 뜻인지 알고 있냐?"

백이강은 눈을 가늘게 뜬 채 공터를 주시했다.

왕차재가 답답한 듯 말을 이었다.

"지금 저 녀석이 혼자 태극의 묘리를 풀어냈다고 말하는 거냐고!"

하나 백이강은 여전히 물 흐르는 듯 담담하게 한 마디를 내뱉었다.

"이제 확인할 수 있겠지."

"뭐라고?"

왕차재는 백이강의 시선을 쫓다가 눈을 휘둥그레 떴다.

적운비가 자세를 취하고 있었다.

지금껏 장난치는 것처럼 휘돌던 것과는 달랐다.

두 다리가 천천히 공터를 미끄러지며 원을 그렸고, 양팔은 마치 춤을 추는 것처럼 흔들렸다.

하나 두 사람을 놀랬던 이유는 횟수가 이어질수록 하나의 문양이 그려졌기 때문이다.

백이강은 공터에 있는 모든 관도들을 눈에 담았다.

'음? 생각 외로……'

자신과 왕차재를 제외하면 지금 일어나는 현상에 관해

명확하게 파악한 사람이 없을 것이라 여겼다.

한데 옥청관의 백화가 의미심장한 표정을 짓고 있는 것이 아닌가. 그뿐 아니라 명문에 시집가는 것이 목표라는 홍화 역시 백화의 표정과 다르지 않았다.

'옥청관이라고 해도 무당은 무당이라는 건가?'

그 순간 왕차재가 탄성을 흘렸다.

성호림이 부러진 목검을 들었기 때문이다.

잘린 것이 아니라 말 그대로 부러졌기 때문에 뭉툭했던 검의 끝은 삐죽삐죽했다.

찍히거나 베이면 살 전체가 뜯겨 나갈 것이다.

"크큭! 넌 이제 죽었어!"

성호림이 괴성을 지르며 달려들었다.

이제는 장난이나 싸움 정도로 끝날 일이 아니었다.

'저런 미친!'

몇몇 아이들은 고개를 돌렸고, 비명을 내질렀다.

"안 돼!"

뾰족한 외침의 진원지는 옥청관이었다.

진예화가 양손으로 입을 가린 채 비명을 내지른 것이다.

뒤늦게 백이강이 정신을 차리고 공터로 몸을 날리려 했다. 한데 그 순간 묘한 바람이 등 뒤에서 불어왔다. 여느 때와 다름없는 평범한 여름의 미지근한 바람이다.

쉬이이잉—

백이강은 자신도 모르게 바람이 지나간 곳을 따라 고개를 돌렸다.

'아!'

그곳에는 쭉 뻗은 양팔로 원을 그리고 있는 적운비가 서 있었다.

'설마…….'

백이강은 자신도 모르게 주먹을 불끈 쥐었다.

그저 팔을 움직여 원을 그릴 뿐이다.

한데 공터로 흘러간 미약한 바람은 흙먼지와 함께 그 원을 따라 휘도는 듯했다.

백이강의 두 눈은 찢어질 듯이 커졌다.

바람의 중심부에 있는 적운비의 옷자락은 조금도 흩날리고 있지 않은 것을 확인했기 때문이다.

오히려 그 덕분에 적운비가 몸으로 형상화한 문양의 정체를 눈치챌 수 있었다.

'태극(太極)?'

*   *   *

"죽어!"

성호림은 선불 맞은 멧돼지처럼 달려들었다.

웬만한 공격은 몸으로 받아 내려는 게다.

한 손으로는 부러진 목검을 움켜쥐었고, 다른 손은 목검의 아랫부분을 받치고 있었다.

무슨 짓을 해서든 최대한 깊게 찌르겠다는 결의가 드러났다.

이성을 잃고, 본성에 몸을 맡긴 것이다.

성호림은 이미 무당의 관도로서 지녀야 할 최소한의 소양조차 저버린 지 오래였다.

적운비의 눈빛에는 마치 무생물을 대하듯 감정의 흐름이 느껴지지 않았다.

숨을 들이마시며 깨끗한 기운을 이끌었다.

"쓰읍."

이미 성호림은 핏발 선 눈동자를 번들거리며 지척에 이른 상태였다. 정면이 아닌 측면에서 달려드는 것이기에 상황은 더욱 위태롭게 여겨졌다.

쉬이이잉—

하나 적운비는 마치 수련을 하는 것처럼 느릿하게 자세를 낮췄다. 바람을 이끌 듯 천천히 큰 원을 그리던 양손은 어느덧 심장 앞에서 닿을 듯이 모이고 있었다.

손바닥 사이 작은 공간에서 퍼지는 미세한 울림.

지잉!

적운비는 손바닥이 맞닿으려는 순간 지금껏 들이마셨던 모든 기운을 토해 내는 듯한 일갈을 내질렀다.

"하아아앗!"

섬전과도 같은 속도로 손바닥이 맞닿았다가 떨어졌다. 그리고 그것은 하늘과 땅을 양분하듯 곧게 뻗어 나갔다.

부러진 목검이 교차하듯 오른 팔목을 스치며 핏물을 튀겼다. 하나 태산조차 무너트릴 법한 기세로 뻗어 나간 오른손이 아닌가.

성호림의 명치에 손바닥이 닿는 순간 당사자들끼리만 느낄 수 있는 미약한 파동이 일어났다.

투둥—

"끄어억!"

관도들의 시선은 비명을 내지르며 튕겨 나가는 성호림을 좇았다. 저 커다란 덩치의 허리가 낫 모양으로 접힌 채 일장이나 나뒹구는 모습은 지극히 비현실적이었다.

"꾸웩!"

성호림은 제대로 몸을 추스르지도 못한 채 토악질을 해 댔다. 그렇게 고통스러움을 온몸으로 표현하고 있었다.

'······.'

백이강은 처음부터 끝까지 적운비의 모든 것을 주시하고

있었다. 심지어 성호림이 비명을 내지르며 튕겨 나가는 순간에도 그의 시선은 적운비를 향했을 정도였다.

그러나 지금 이 순간 백이강의 눈동자는 귀신이라도 본 것처럼 쉼 없이 흔들리고 있었다.

'내공을 사용했어. 수련제자가 어떻게 저런? 이건 말이 안 돼!'

적운비는 언제 그랬냐는 듯이 자연스럽게 양팔을 벌리고 있었다.

오른손의 손가락 끝은 하늘을 가리켰고, 왼손의 손가락 끝은 땅을 가리켰다.

손가락 끝에서 시작된 가상의 선이 원을 그리며 반대쪽으로 향한다. 그렇게 만들어진 원의 중심을 적운비의 양팔이 물결처럼 채우는 것이다.

이것이야말로 무당파에서 가장 많이 볼 수 있는 태극(太極)의 문양이 아니던가.

적운비는 성호림을 쓰러트린 후에도 마치 수련을 하는 것처럼 건곤구공의 궤적을 그렸다.

점점 속도가 느려지는 것으로 보아 자연스러운 끝마침에 이르고 있는 것이리라.

백이강은 숙면을 취하는 것처럼 편안한 적운비의 표정을 보며 아랫입술을 질끈 깨물었다.

'정말 태극권인가? 아니, 태극권만인가? 더 있을 수도 있잖아!'

무한자가 관심을 가진다는 말에 따라나선 것은 사실이지만, 크게 신경을 쓰지는 않았다.

수련관에 입관하기 전부터 신동 소리를 들었고, 입관한 후에는 항상 태청관 수석의 자리를 유지했다. 시간문제일 뿐 무한자의 제자가 되는 것은 항상 자신이라고 믿어 의심치 않았다.

한데 반석과도 같던 믿음에 금이 간 것이다.

"가는 거야?"

백이강은 조상의 밝은 목소리를 뒤로한 채 태청관으로 향했다.

당장이라도 검을 휘두르지 않으면 이 손의 경련은 사라지지 않을 것임을 알기 때문이다.

"봤어?"

"뭐야? 방금 무슨 일이 있었던 거야?"

"그냥 뭔가 펑 한 것 같은데……."

"내가 봤을 때에는 성호림이 제 성질을 못 이기고 그냥 들이박은 것처럼 보이던데?"

"적운비가 그냥 이렇게 하면서 손을 뻗으니까 장풍이 나갔어!"

"장난해? 우리 중에 누가 내공을 담아서 공격을 할 수 있는데! 말이 되는 소리를 해!"

"아, 아닌가?"

관도들은 너무도 순식간에 벌어진 일에 웅성거림을 멈추지 못했다.

제대로 본 사람이 없으니 설명할 사람도 없다.

그러니 저마다 자신이 본 게 사실이라고 우기는 상황이었다.

반면 진예화는 흐느적거리며 멈춰 서는 적운비에게서 눈을 떼지 못했다.

단순히 빠른 정도가 아니었다.

'내가 가지 못한 경지.'

한데 그 순간 옥청관도들의 웃음과 환호성이 귀를 괴롭혔다.

"청송관에는 바보들만 있다더니 그것도 아니네."

"쟤 출신이 어디야? 손짓 하나에도 기품이 느껴지는 게 명문 출신일 거야."

"우락부락한 거보다는 저렇게 늘씬한 몸이 더 강하잖아. 호호호."

적운비를 품평하는 대화에는 호기심과 호감이 가득 느껴

졌다.

진예화는 매섭게 관도들을 노려봤다.

"빨리 돌아가자. 수업에 늦겠어!"

홍화는 멀어지는 진예화의 모습을 보며 코웃음을 쳤다. 다른 사람들은 잊었을지 몰라도 그녀만은 기억하고 있었다.

진예화의 비명을.

'호홋, 사내라면 질색을 하더니…… 아는 사내가 있었네?'

홍화마저 걸음을 옮기니 옥청관의 관도들은 우르르 몰려서 공터를 벗어나기 시작했다.

한데 홍화가 공터의 입구에서 잠시 걸음을 멈췄다. 그러고는 적운비를 힐끔 쳐다봤다.

명문의 자제 같다는 관도들의 말이 사실이라면, 자신의 정혼자 후보에 넣어 줘도 좋지 않겠는가.

외모, 실력에 가문까지 충족된다면 말이다.

무엇보다 진예화와 아는 사이라는 것이 더욱 호기심을 이끌었다.

'백이강 말고도 쓸 만한 녀석이 있었네.'

*　　*　　*

태청관과 옥청관의 관도들이 떠난 공터는 왠지 모르게
을씨년스러웠다.

"우웩!"

성호림은 속이 뒤집혔는지 거품을 물면서 연방 신음을
내고 있었다.

그의 앞에 호리호리한 그림자가 드리워졌다.

적운비는 무심한 표정으로 선 채 나직이 말했다.

"너는 무당파에 왜 왔냐?"

"끄으으…… 너 가만두지 않을 거야."

"도대체 여기 왜 있는 거냐?"

적운비의 물음에 성호림은 씹어뱉듯이 한 마디를 내뱉었
다.

"크큭! 무당파에 왜 왔냐고? 애초에 오고 싶은 생각도
없었다. 나는 호사방의 방주를 역임하는 성가의 차남이다.
본 방의 영역은 무당파보다 넓고, 동호에 대한 이권만 해도
무당파의 수입만큼 나올걸? 누가 오고 싶어서 온 줄 아냐!"

적운비의 입매가 비틀렸다.

"그러니까 거기서 살지 왜 왔냐?"

"천룡맹이 무인의 출신을 구분하지 않는다지만, 정사지
간은 여전히 정사지간이다. 같은 능력이라면 태청관에서

뽑지, 상청관에서 뽑겠냐? 네놈들도 속으로는 사파 취급하
잖아! 어차피 인원수 채우려고 받은 거니까 그 정도로 시간
만 때워 주는 거다!"

마치 지금껏 억울함과 울분을 참아 왔던 사람처럼 한풀
이를 한다.

"애초에 정사지간이라고 선을 그은 쪽은 우리가 아니란
말이다! 먼저 건드린 건 천룡맹이라고!"

적반하장이 바로 이런 걸까?

공감대는커녕 짜증만 솟구쳤다.

"쯧! 남 탓하지 마라. 누가 선을 그었던 그 선을 넘기 위
해 뭘 했냐? 네 인생을 낭비함으로써 무엇을 얻었지?"

적운비의 표정은 더욱 냉담했다.

"넌 그냥 쓰레기 짓을 하면서 살았을 뿐이잖아!"

성호림은 입술을 비틀며 적운비를 노려봤다.

"크흑! 더 이상 도발하지 마라! 너 정말 그러다 죽는다!
감히 나를 건드리고, 호사방을 욕보이고 무사할 줄 아는 거
냐?"

퍽!

적운비는 눈매를 찡그리며 성호림을 걷어찼다.

그러고는 싸늘한 눈빛으로 상청관의 관도들을 노려봤다.

"너희들에게는 의미 없이 흘러가는 것이 시간이겠지. 하

지만 내게는 너무도 소중한 시간이다.”

적운비의 목소리가 점점 격앙됐다.

“무당을 사태천의 윗자리에 올리려는 내게는 너무도 소중한 시간이란 말이다!”

성호림은 눈을 부릅떴다.

제정신이 아니라는 것은 알았으나, 이처럼 미친놈일 줄은 생각지도 못했다. 사태천을 거론하는 것만으로도 부족해서 끌어내리겠다지 않는가.

쾅!

적운비는 대지를 구르며 씹어뱉듯이 읊조렸다.

“무당의 모든 것을 보고, 배우며 느껴야 하는 시간이다. 너희들에게 허비할 시간 따위는 없다. 그러니 이견이 있다면 덤벼라. 너! 너! 너! 뒤에서 눈치 보고 있는 놈들, 이 녀석과 같은 생각이라면 다 같이 덤벼라.”

적운비는 주먹을 말아 쥐고 외쳤다.

“무당파를 우습게 보는 건방진 자식들! 짧은 시간 무당에서 받은 작은 깨달음만으로도 너희들의 얄팍함을 두들기기에는 충분해!”

성호림을 비롯한 상청관의 관도들은 점혈이라도 당한 것처럼 옴짝달싹하지 못했다. 심지어 시선을 마주치는 것마저 두려울 지경이었다.

그만큼 적운비의 기도는 공터 전체를 짓누를 정도로 엄청났다.

"크흑!"

성호림이 이를 갈면서도 분통을 터트리지 못하는 것이 그 증거였다.

기도(氣度).

이것은 무인의 내공을 갈고닦음으로써 발현하는 기세(氣勢)와는 궤를 달리한다.

무인이라면 내공을 통해 기세를 드러내고, 상승 경지에 이르러서야 갈무리할 수 있게 된다.

즉, 기세란 겉으로 드러나 보이는 강함이라고 정의할 수 있었다.

그렇기에 기도는 기세와 전혀 다른 것이다.

보고, 듣고, 느끼며, 깨우친 모든 사상과 마음이 하나로 뭉쳐 들면서 자연스럽게 나타난다.

즉, 스스로를 갈고닦은 후에야 자연스럽게 드러나는 기운을 기도라고 하는 것이다.

의지의 또 다른 표현, 기도(氣度).

적운비는 경지에 이룬 대가(大家)들에게서나 흘러나올 법한 묵직한 기도를 드러냈다.

"강자존? 약육강식?"

성호림을 비롯해 상청관도들이 고양이 앞의 쥐처럼 옴짝
달싹 못하는 것은 당연했다.

"그딴 편리한 생각으로 세상을 정의하지 마라."

적운비의 기도는 동년배가 상상할 수 없을 만큼 짙게 공
터에 드리워졌다.

"젠장! 다들 뭐 해? 이대로 내가 개망신당하는 걸 보고
있을 거냐!"

성호림이 윽박을 지르듯 고래고래 소리를 내질렀다. 적
운비의 기도에 짓눌리면서도 악을 쓰는 걸 보면 결코 평범
한 놈은 아닐 터였다.

하나 모두가 성호림 같지는 않았다.

상청관도들의 머뭇거리는 모습이 성호림을 더욱 분노하
게 만들었다.

"저 새끼! 밟아. 내가 책임진다. 호사방이 책임져. 그러
니까 조져!"

위험하다.

상청관도가 모두 호사방 소속은 아니었다.

절반 이상은 무당파나 호사방의 눈치를 보는 중소문파에
서 온 소년들이다.

한데 성호림의 행동은 무당파보다 호사방을 윗줄에 놓는
것이나 다름없었다.

절반의 관도가 물러서는 것과 달리 나머지는 제각기 목검을 뽑으며 앞으로 나섰다.

호사방의 소속이니 성호림의 말을 거역할 명분이 없었던 게다.

성호림은 힘겹게 몸을 일으키며 낄낄거렸다.

"마무리는 내가 한다. 그러니까 죽이지는 마!"

적운비는 여전히 강 건너 불구경하듯 관도들의 움직임을 지켜봤다.

'놀랍구나.'

건곤구공을 가리켜 무당의 기틀이라고 하더라.

그렇기에 적운비는 청풍검과 건곤보를 익힐 때부터 건곤구공을 배울 날만 기다렸다. 본능적으로 건곤구공은 파헤칠 가치가 있다고 여겼던 것이다.

그리고 적운비의 예상은 적중했다.

건곤구공을 익힌 후에야 익힐 수 있다는 태극의 무학을 미리 엿보지 않았던가.

처음에는 태극을 만들어 낸 것에 기뻐했다.

하지만 횟수가 잦아질수록 지금껏 눈치챌 수 없었던 많은 것들을 느끼게 된다.

태극은 곧 음양(陰陽)의 조화이고, 이것은 내외(內外)의 조화를 이룸이다.

성호림을 일격에 내친 것도 알고 보면 대기의 흐름을 극대화시킨 상태에서 한순간 자연의 이치처럼 내력을 움직인 게다.

고작해야 태극의 의(意)는 고사하고, 형(形)만 흉내 냈을 뿐인데도 이 정도라니, 이 엄청난 능력에 절로 경의를 표할 수밖에 없었다.

자연스레 입가에 미소가 가득해졌다.

게다가 건곤구공의 묘용은 거기서 끝나지 않았다. 내외의 조화를 이루다 보니 자연스럽게 오감(五感)이 향상된 것이다.

지금도 그렇지 않은가.

성호림을 비롯한 십여 명의 모습이 한눈에 들어왔다. 그리고 저들이 거리를 재기 위해 움직일 때마다 숨소리와 발소리가 귓가를 자극했다.

적운비는 입꼬리를 올렸다.

"후후! 너희들은 참 대단하다."

"이 새끼야! 언제까지 도발만 하려는 거냐!"

"크큭! 이런 엄청난 무공을 앞에 두고 뻘짓을 하는 것도 아무나 할 수 있는 건 아니지."

이것은 결코 빈 말이 아니었다.

무장선은 적운비에게 찾아온 기연이다.

그것은 부정할 수가 없는 진실이다.

하나 건곤구공은 무당파에 입문했다면 누구나 배우고, 깨우칠 수 있는 기본공이 아닌가.

그렇기에 적운비는 상청관도들을 쳐다보며 안쓰러운 표정을 지었다.

"크흑!"

성호림은 고통이 잦아들었는지 상청관도들을 향해 눈짓을 했다. 그러고는 부러진 목검을 다시 주워들고 덤벼들었다.

적대감과 분노는 도리어 느껴지지 않았다.

오히려 싸늘한 살기가 번들거리는 눈동자를 통해 전해졌다.

적운비 역시 순순히 끝낼 생각은 없었다.

무당이 살아나기 위해서는 모든 이가 한마음 한뜻이 되어야 할 터였다.

한데 그렇지 않은 자가 있다면…….

'짓눌러서 다시는 기어오르지 못하게!'

적운비가 주먹을 말아 쥐고 걸음을 내디뎠다.

한데 그 순간 공터로 뛰어 들어오는 사람이 있었다. 석생이 뒤늦게 싸움 소식을 듣고 찾아온 것이다.

"멈춰!"

석생은 적운비와 상청관도들 사이에 멈춰 섰다.

그는 잔뜩 굳은 얼굴로 소리쳤다.

"당장 그만두지 못해!"

적운비는 금세 물러났으나, 성호림은 아니었다.

성호림은 석생을 무시한 채 적운비를 노려봤다.

"당신은 빠져. 난 아직 저 자식과 해결해야 할 일이 남아 있으니까!"

당신이라는 말에 화를 낸 것은 석생이 아닌 적운비였다.

"미쳤냐! 석 선배가 무당을 위해 얼마나 고생을 하시는데!"

하나 성호림은 코웃음을 쳤다.

이미 이성을 잃고, 눈이 뒤집힌 상태였다.

"선배? 크큭! 청송관에 있었다고 다 무당파냐?"

적운비의 눈매가 가늘어졌고 입꼬리가 올라갔다.

진심으로 짜증과 분노가 솟구쳤다.

석생이 무당파를 위해 궂은일을 마다하지 않는 것과 조롱의 대상이 된 것을 알면서도 검을 놓지 않았음을 모르지 않기 때문이다.

'어째서!'

성호림과 같은 놈이 무당파에 있는 것인가?

어려서 그렇다는 말은 핑계가 될 수 없었다.

무당파는 다른 문파보다 강호출도가 늦은 편이다. 무위보다 인성을 중시하던 경향 탓이다.

하나 다른 명문을 따져 보면 적운비나 성호림의 나이에 강호에서 이름을 쌓는 후기지수들도 즐비할 터였다.

그러니 변명이나 핑계는 필요 없다.

성호림, 저놈은 이미 악질이다.

"입 닥치는 게 좋을 거야."

적운비의 서늘한 한 마디에도 성호림은 두려울 것이 없다는 듯 어깨를 으쓱거렸다.

"흥! 속가제자도 되지 못한 떨거지까지 선배로 불러야 하나? 저자는 능력도 안 되고, 갈 곳도 없으니 수련관에서 하인 노릇이나 하는 거잖아."

석생은 입술을 파르르 떨면서도 억지웃음을 지으며 말했다.

"뭐가 됐든 싸움은 용납할 수 없다. 어서 상청관으로 돌아가. 그렇지 않으면 관주께 말씀드릴 수밖에 없다."

그로서는 억울해도 어쩔 도리가 없었다.

성호림의 말처럼 자신의 능력이 부족한 것은 어쩔 수 없는 사실이었다. 밤낮을 가리지 않고 수련을 게을리 하지 않았지만 약한 건 약한 거였다.

석생은 핑계를 대는 대신 참았다.

지금의 강호는 힘을 가진 자의 말이 진실이 되는 세상이 아닌가. 자신으로 인해서 무당파에 폐를 끼칠 수는 없는 노릇이었다.

한데 성호림은 석생의 속내를 눈치챘나 보다.

적운비에 대한 적개심까지 뭉뚱그려 석생의 속을 긁었다.

"하인이면 하인답게 잡일이나 할 것이지. 어디서 명령이야. 나 지금 저 자식 때문에 제정신이 아니거든? 같이 처맞기 싫으면 당장 꺼져. 돌아가서 장작이나 패란 말이다!"

어긋난 것은 바로잡아야 한다.

하나 바로잡을 수 없다면 뿌리 뽑겠다.

천학도관에서 무장선을 얻은 것도 자신의 사상이 틀리지 않았다는 반증이 아니겠는가.

그러니 나는 나의 뜻과 의지를 따르겠다!

"너 지금 무슨…… 안 돼!"

석생은 자신을 지나쳐 내달리는 적운비를 보고 말끝을 흐렸다.

적운비의 움직임은 그야말로 물 흐르듯 자연스러웠다. 발을 거의 떼지 않고 미끄러진다. 적운비가 지나간 땅에는 발자국이 호선을 그리며 끊이지 않고 이어졌다.

"엇!"

상청관도 중 한 명이 엉겁결에 적운비를 막아섰다.

하나 적운비는 오른발로 상대의 왼발목을 걸어차는 동시에 어깨로 들이밀었다.

퍽!

한 호흡에 균형을 잃은 관도는 가슴을 얻어맞고 튕겨 나갔다.

"잡아!"

성호림의 외침에 관도들은 그제야 주술에서 풀려난 것처럼 인상을 쓰며 달려들었다.

적운비는 상청관도들을 한눈에 담았다.

'셋, 둘, 둘, 넷.'

건곤구공으로 인해 전신에 활력이 넘쳤다.

우르르 몰려오는 관도들을 향해 내달리는 발걸음에는 머뭇거림이 없었다.

'셋보다는 둘!'

두 명의 관도가 제각기 적운비의 어깨와 옆구리를 노렸다. 적운비는 목검의 궤적을 예상하며 일부러 간격을 좁혔다.

"어엇!"

공격하던 관도가 오히려 놀라며 물러선다.

의도한 바는 아니었지만, 몸을 움직일 수 있는 공간이 더욱 넓어졌다.

적운비는 상체를 비틀어 첫 번째 목검을 피했다.

그리고 옆구리를 노리는 목검은 손바닥으로 가볍게 흘려 냈다. 상청관도는 힘을 잔뜩 준 탓에 가볍게 밀친 것만으로도 균형을 잃고 비틀거렸다.

공교롭게도 원을 그리며 휘둘러진 적운비의 손등이 상청관도의 목덜미를 후려쳤다.

퍽!

적운비는 이미 상청관도를 지나쳐 다음 상대를 향해 나아가고 있었다.

목검을 흘려 내고, 주먹을 밀쳐 냈다.

적운비는 양팔은 큰 원을 만들었고, 그 안에서 양손은 작은 원을 그렸다. 여전히 두 발은 땅에 붙은 것처럼 안정적으로 호선을 그리며 나아갔다.

이 모든 움직임은 물이 흐르는 것처럼 끊이지 않고 원을 그렸다.

상청관도들은 건곤구공을 익혔음에도 적운비의 움직임을 막지 못했다.

퍽! 퍽! 퍽!

아니, 피하고 싶어도 피할 수가 없었다.

사각에서 절묘하게 휘어져 들어오는 공격.

"끄윽! 으으……."

상청관도들이 추풍낙엽처럼 공터를 나뒹구는 데 걸린 시간은 고작해야 열 호흡 정도였다.

그만큼 적운비의 건곤구공에서 군더더기를 찾기란 요원한 일이었다.

이제 남은 것은 멀뚱히 서 있는 한 사람.

적운비의 눈동자가 한순간 번들거렸다.

"성호림!"

성호림은 놀란 와중에도 부러진 목검을 고쳐 잡았다. 적운비의 실력이 상상했던 것 이상이었지만, 이대로 구경만 하고 있을 수는 없었다.

"으아아아!"

적운비는 울부짖는 성호림을 향해 거침없이 내달렸다. 뾰족한 목검도, 거침없이 돌진하는 기세도 상관하지 않았다.

오직 성호림의 눈동자를 주시하며 건곤구공을 펼쳤다.

쉬이익—

적운비는 상체를 뒤로 눕히며 목검을 피했다.

뾰족한 목검이 눈앞을 스쳐 갔다.

하나 적운비의 유연성과 균형감각은 상체가 완전히 기울어진 상태에서 건곤구공을 펼칠 수 있는 힘을 빌려 주었다.

일전에 지게를 짊어지고 수련했을 때처럼.

적운비가 허리힘만으로 상체를 휘돌렸다. 원을 그리는 순간 양 주먹은 이미 성호림의 옆구리를 두들기고 있었다.

퍼퍽!

성호림은 자신의 옆구리를 파고든 적운비의 양 주먹을 보고 눈을 부릅떴다. 동시에 숨을 쉬기 힘들 정도의 고통이 온몸을 휘감았다.

"끄어어억!"

적운비는 어느새 반대편으로 밀려나는 성호림을 쫓고 있었다.

"어딜 가!"

적운비의 오른손이 성호림의 소매를 낚아챘고, 강하게 잡아끌었다. 그리고 왼팔을 접어 끌려온 성호림의 얼굴을 찍어 버렸다.

빠각!

성호림은 팔꿈치에 찍히는 순간 다시 한 번 비명을 내질렀다. 하나 적운비의 무심한 눈동자는 다음 타격 지점을 찾아 움직이고 있었다.

퍽! 퍽!

적운비가 주먹을 내지를 때마다 성호림은 줄에 매달린 인형처럼 비틀거렸다.

"끄어……."

성호림은 눈동자에 초점을 잃더니, 이내 다리에 힘이 풀려 주저앉으려 했다.

"반성하고!"

적운비의 다리가 호선을 그리고 허공으로 솟구쳤다. 이번만은 건곤구공의 묘를 버리고 그대로 내려찍을 심산이었다.

"또 반성해라!"

적운비는 성호림의 소매를 놓았다. 동시에 적운비의 뒤꿈치가 그의 정수리를 향해 내리꽂혔다.

쏴아아아아—

그 순간 전신을 뻐근하게 만드는 엄청난 기운이 폭풍처럼 공터를 휘저었다.

그리고 적운비는 누군가에 가슴을 얻어맞은 채 일 장이나 튕겨 나갔다.

"크윽!"

가슴으로부터 퍼지는 고통은 상상을 초월했다.

마치 불덩어리가 가슴속에 들어온 것처럼 온몸이 화끈거렸다.

‘뭐지? 도대체 이게 어떻게 된…….’

적운비는 전방을 살피는 순간 탄성을 흘렸다.

공터의 중앙에는 수련관의 총관주인 벽성자가 성호림을 부축한 채 서 있었다.

벽성자의 싸늘한 시선이 닿는 순간 적운비는 숨이 턱 막히는 기이한 경험을 해야 했다.

절정의 고수가 쏘아 내는 기파를 적운비가 막아 내기란 애초부터 요원한 일이었다.

‘아…….’

적운비는 놀람을 감추지 못했다.

벽성자라면 천룡학관을 중시하고, 관도들을 편애하는 사람 정도로 생각했기 때문이다.

신경질적인 언행을 볼 때마다 절정의 고수라는 생각은 들지 않았다.

한데 그의 무위는 적운비가 상상하던 것 이상이었다.

"도대체 이게 무슨 짓이냐!"

벽성자의 일갈에 적운비는 물론이고 상청관도들도 귀를 막으며 고통스러워했다.

하나 가장 큰 충격을 받은 사람은 다름 아닌 석생이었다.

"과, 관주님."

석생이 어두운 표정으로 고개를 숙였다.

벽성자의 시선이 너무도 싸늘했다.

"설명해 보거라."

적운비가 비틀거리며 몸을 일으켰다.

"제가 말씀드리겠습니다. 이건 석 선배와는……."

"놈! 건방지게 어디서 끼어드는 것이야!"

벽성자의 일갈에 적운비는 오장이 진탕되는 듯한 충격을 받아야 했다. 그러나 적운비의 얼굴이 일그러진 것은 단지 고통 때문이 아니었다.

'수련제자에게도 거리낌 없이 내력을 사용하다니…… 아니, 수련제자이기 때문인 건가?'

적운비는 아랫입술을 질끈 베어 물고 분기를 참아야 했다.

벽성자는 적운비를 보며 비웃듯이 입꼬리를 올렸다. 그러고는 재차 석생을 닦달하며 소리쳤다.

"어찌 된 일이냐고 묻지 않더냐!"

석생은 자신이 보았던 것들을 천천히 설명했다.

하나 성호림이 자신을 모욕했던 사실만은 거론하지 않았다.

벽성자는 석생의 얘기를 듣고 미간을 찡그렸다.

결국은 열 명이 넘는 관도가 한 명한테 시비를 걸었다가 얻어맞았다는 말이 아닌가.

'그것도 상청관도가 청송관도에게?'

벽성자는 적운비를 힐끔 쳐다봤다.

청송관은 물론이고, 수련관 전체를 통틀어 가장 문제를 많이 일으키는 녀석이 아니던가.

한데 적운비가 이런 일을 벌였다는 사실을 믿을 수 없었다.

'쯧! 하필 성호림이 당하다니.'

벽성자는 호사방주의 부탁을 떠올리며 인상을 썼다. 한데 그 순간 성호림이 앓는 소리를 내며 땅바닥을 뒹굴었다.

"숨을 쉬기가 힘듭니다. 살려 주세요!"

방금 전까지만 해도 넋 나간 사람처럼 고개를 숙이고 있던 녀석이 아닌가. 연기라면 참으로 우스꽝스러운 연기였다.

하나 웃는 사람은 아무도 없었다.

벽성자는 황급히 성호림을 둘러업었다.

그러고는 적운비를 향해 싸늘한 한 마디를 흘렸다.

"참으로 흉악한 놈이로다! 같은 수련제자끼리 우애롭게 지내지는 못할망정 패악질을 부리다니!"

석생이 보다 못해 앞으로 나섰다.

"진인, 애초에 성호림이 ……."

하나 벽성자는 석생을 향해 호통을 쳤다.

"닥쳐라! 당장 의당으로 가서 알리지 않고 무엇 하는 것이냐?"

석생은 적운비를 향해 미안한 표정을 지으며 황급히 공터를 떠났다.

벽성자는 시뻘게진 얼굴로 적운비를 노려봤다.

"당장 청송관으로 돌아가 자숙하거라! 너처럼 무도한 자를 더 이상 무당파에 둘 수는 없지. 내가 장로회에 알려 너를 무당파에서 쫓아낼 것이다!"

그러고는 경공까지 펼치며 적운비를 지나쳤다.

한데 그 순간 기절한 듯 보였던 성호림이 스산한 웃음을 짓더니 입을 뻐끔거렸다.

'꼴좋다.'

홀로 남은 적운비는 헛웃음을 보였다.

일의 전후사정을 살피지도 않고 상황을 단정 짓는 모습에 기가 찰 노릇이었다. 아니, 애초부터 살필 이유가 없었던 것일지도 모르겠다.

'훗, 호사방인가?'

적운비조차 어렴풋이 눈치챌 정도로 복잡한 이해관계가 얽혀 있는 게다.

벽성자의 말이 끊임없이 머릿속을 맴돈다.

파문(破門).

　수련제자에 불과하니 사지근맥을 자르거나 단전을 깨트리지는 않을 게다.
　하지만 적운비는 파문에 대한 두려움보다 자신의 무력함을 더욱 절실히 느끼고 있었다.
　'내가 조금 더 강했더라면…….'
　벽성자에게 자신의 의지를 전할 수 있었을까?
　알 수 없다.
　다만 자신은 고작해야 수련관에서나 어우러질 수 있는 실력이 아닌가.
　적운비 역시 정저지와(井底之蛙)의 함정에 빠져 있었다. 우물 안 개구리처럼 수련관에 얽매였던 것이다. 적운비가 꿈꾸는 미래는 지금보다 훨씬 높은 곳에 존재하지 않던가.
　"하아…… 전통의 힘은 자연스럽게 원래의 모습을 되찾는 것이라 생각했는데……."
　무당이라면 충분히 그럴 수 있다고 믿었다.
　수백 년간 강호의 정점에 서서 안위를 보살피지 않았는가. 그렇기에 시간이 문제일 뿐 결코 쇠락한 상태로 끝나지 않을 것이라 믿었다.
　한데 아니었다.
　무당파 역시 사람이 모인 곳.
　세월의 부침을 겪으며 사람은 변화한다.

사람이 변하니 대화가 변하고, 행동이 변한다.

그리고 그런 언행(言行)을 보고 배우니 변화는 더욱 빨라진다.

무당산은 그대로인데 무당파만 변한 것이다.

모든 이가 한마음 한뜻으로 뭉치기란 요원한 일이리라.

적운비는 허공을 향해 무거운 숨을 토해 냈다.

나 혼자 열심히 한다고 해서 되는 게 아니었다.

이제는 더 이상 기다리지 않으련다.

"내가 바꾸는 거다."

적운비는 푸른 하늘을 올려다보며 눈을 빛냈다.

그러고는 주먹을 불끈 쥐며 새로운 결의를 다졌다.

"나로 인해 변화하지 않을 수 없게 만드는 거다!"

第九章

기호지세(騎虎之勢)

　벽성자는 곧바로 적운비에 대한 사안을 장로회에 올렸다. 이번 일은 벽성자가 예상한 것보다 더 큰 반향을 일으켰다.

　수련제자들의 싸움.

　싸움 자체로는 크게 문제 될 것이 없었으나, 너무 일방적이었던 것이 이목을 끌었다.

　성호림은 쇄골에 금이 갔고, 갈비뼈가 부러졌으며, 전신에 타박상을 입었다. 상청관도들 역시 수십 일을 요양해야 할 정도로 부상을 당한 상태였다.

　한데 이 모든 것을 일으킨 수련제자는 털끝 하나 다친 곳이 없다지 않는가.

"평소부터 사고를 달고 다니는 녀석이었습니다. 이번 일로 흉성이 드러났으니 파문하는 것이 옳습니다."

무당파가 융성할 때의 수련관과 지금의 수련관은 존재 의의 자체가 달랐다. 천룡맹으로 인해 정사지간을 받아들이면서 자연스럽게 변화한 것이다.

그렇게 무당파의 경계는 용호적문으로 정해졌다.

"그렇게 사고뭉치인가? 그렇다면야……."

"쯧! 언제부터 무당의 수련관이 이리됐는고."

벽성자의 주장에 장로들도 파문에 수긍하기 시작했다.

아직은 실력보다 인성이다.

어차피 수련제자 사이의 실력이야 오십보백보가 아니던가. 게다가 천룡맹의 요구로 인해 수련제자에 대한 자격을 한껏 낮춰 놓은 상태였다.

그러니 본산과 수련관의 연결고리인 벽성자의 말은 설득력을 지닐 수밖에 없었다.

"사제가 수련관을 맡고 있으니 뜻대로 하시게."

한데 시간이 흐를수록 의외의 변수들이 여기저기서 나타났다.

태청관의 백이강과 조상이 적운비를 두둔했다.

"나는 수석이다. 그 녀석이 있든 없든."

"큭! 재미있을 것 같은 녀석이야."

왕차재는 콧방귀를 뀌며 고개를 내저었다.

"고작 청송관도가 파문을 당하든 말든 무슨 상관이라고…… 그동안에 수련이나 해라."

뒤이어 옥청관의 백화와 홍화가 성호림의 패악질을 증언했다.

"성호림은 무당파에 어울리지 않습니다."

"옥청관의 아이들이 겁을 먹었답니다."

여기저기서 좋지 않은 말이 나왔다.

무엇보다 상청관의 관도들 중에서도 투서가 올라오기 시작했다. 보통 같은 관에서 생활하면 진실이 어떻든 감싸 주는 경우가 대부분일 터였다.

한데 성호림의 편을 들어 주는 이는 어디에도 없었다.

장로들의 의문이 깊어졌다.

"성호림은 도대체 뭐 하는 제자인가?"

"사제, 도대체 수련관 운영을 어떻게 하고 있는 것인가?"

"적운비라는 녀석에 대해서 좀 더 알아보지."

"수련관의 관주들을 모으게."

장로들은 벽성자의 제기한 안건을 유보시켰고, 관주들을 통해 성호림과 적운비의 정보가 본산으로 모여들었다.

그리고 며칠 뒤 석생은 난생처음 용호적문을 지나 자소궁에 입궁했다.

싸움의 원인은 관도들의 증언과 투서로 밝혀진 상태였다. 그렇기에 장로들은 석생에게 싸움의 과정에서 정도(正道)에 어긋나는 행위가 있었는지를 물었다.

석생은 벽성자의 싸늘한 시선을 받으면서도 자신이 보았던 것을 그대로 전했다.

'차라리 내가 쫓겨나는 것이 나아.'

자신의 상관은 벽성자일지언정 자신을 알아준 것은 적운비가 아닌가. 자신을 위해서는 참을 수 있었지만, 적운비를 음해하면서까지 참을 수는 없었다.

한데 장로들은 의외의 부분에서 관심을 보였다.

"열 호흡?"

"사실 그보다 빨랐을 겁니다. 마치 적운비가 가는 방향으로 상청관도들이 몰려오고, 일부러 맞은 것처럼 쓰러지더군요. 제자의 성취가 낮아 제대로 알아볼 수가 없었습니다."

장로들은 석생에게 이것저것을 물어봤다.

대부분 적운비의 움직임에 관해서였다.

석생은 초초하게 장로들의 회의를 지켜봤다.

'어쩌면……'

성호림에 대한 분노보다 적운비에 대한 걱정이 훨씬 컸다. 몇 달 동안 함께 하면서 정도 들었거니와 자신을 편견 없이 대해 준 유일한 사람이었다.

그렇기에 석생은 빌고 또 빌었다.

한데 시간이 흐를수록 천룡학관이라는 말이 자주 언급되는 것이 아닌가.

그리고 장로 회의가 마무리되었을 때 인상을 쓰고 있는 사람은 벽성자, 한 명뿐이었다.

＊　　　＊　　　＊

수련관에서 가장 큰 건물을 꼽자면 보통 관주들의 거처를 떠올리기 마련이다.

하나 벽성자의 거처보다 더 큰 건물이 수련관 외곽에 존재했다.

적운비는 만서고(萬書庫)라고 적힌 현판을 지나 서고에 들어섰다. 자연스럽게 관도들과 지붕에 올랐던 때가 떠올랐다.

'그때는 참 재밌었는데 말이야.'

한데 서고를 가득 채운 책을 보는 순간 절로 무거운 한숨이 터져 나왔다.

"막막하군."

매일같이 드나들던 곳이 아닌가.

비록 본산의 도경과 잡서를 필사한 책들이지만, 그 양은 어마어마했다. 만 권의 책이 있다고 해서 만서고라지 않던가.

잠시 후 적운비가 묘한 표정을 지었다.

'그래도 갇히는 건 아니니까 다행인가?'

절로 쓴웃음이 흘러나왔다.

그런 적운비의 곁으로 다가오는 사람이 있었다.

청송관의 관주인 이학인이다.

이학인은 웃음을 보이며 타이르듯 말했다.

"만서고에서 반년간 근신하는 것이 마음에 들지 않느냐?"

적운비는 장로회의 처벌을 떠올렸다.

이학인의 말처럼 장로회는 적운비에게 반년 동안의 근신을 명했다.

간단히 말하면 반년 동안 만서고의 사서(司書)가 되라는 말이었다.

생각했던 것보다 훨씬 유한 처분이다.

하나 적운비는 만서고에 도착한 직후 이것이 그리 쉬운 일이 아님을 깨달았다.

"그건 감사하지요. 하지만 자율 시간을 모두 만서고에서 보내야 할 것을 생각하니 답답하기는 하네요."

이학인은 투덜거리는 적운비를 향해 나직이 말을 이었다.

"어차피 너는 매일같이 드나들던 곳이 아니더냐. 게다가 대부분의 책은 읽었을 테니 관도들에게 책을 찾아 주는 것도 쉽지 않겠느냐?"

적운비는 어깨를 으쓱거렸다.

"좋아서 찾는 거랑 남의 부탁으로 찾는 건 기분부터가 다르네요."

"녀석, 장로들께서 정말 많이 봐주신 것이야. 성호림은 앞으로도 의당에서 삼 개월은 족히 누워 있어야 한다고 하더라."

적운비는 슬며시 고개를 돌리며 입술을 삐죽였다.

"그런 놈한테는 약도 아깝습니다."

이학인은 쓴웃음을 지었다.

"본 파는 북부에 자리 잡았기에 남부와는 같은 하북성임에도 교류가 없다. 호사방이 그 역할을 맡고 있으니 무작정 쫓아낼 수도 없는 노릇이란다."

적운비는 눈매를 파르르 떨었다.

그깟 정치적 이유와 현실적 이권을 따져야만 하는 무당

파의 현실이 답답했다.

"다른 문파도 많은데 하필……."

"너도 알지 않느냐? 호사방 외에는 이미 제갈세가나 남궁세가와 연을 맺고 있단다."

하나 적운비의 얼굴은 펴지지 않았다.

"쳇, 관도들 보기 창피해서라도 돌아갈 줄 알았는데……."

이학인은 적운비를 다독였다.

"너무 그러지 말거라. 성호림은 의당에서 나온 후 일 년간 근신해야 한다. 게다가 아침저녁으로 한 시진씩 좌선을 해야 하니 성격을 바로잡는 데 큰 도움이 될 것이다."

한순간 적운비의 눈동자가 번뜩였다.

'그놈은 결코 바뀌지 않을 겁니다.'

벽성자에게 업혀 가면서 마주했던 눈빛은 결코 잊을 수 없었다. 그것은 적운비가 오랫동안 잊고 있던 그네들의 눈빛처럼 음습하고, 음울했다.

'다시 걸리면 진짜 그냥 두지 않겠어!'

한데 그 순간 나직이 들려오는 이학인의 중얼거림이 있었다.

"너무 뜨겁구나. 하나 너무 차갑기도 하다."

이학인이 적운비와 눈을 맞추며 말했다.

“조화란 바가지의 물과 같아서 조금만 흔들려도 밖으로 튀어나가는 법이다. 하면 어찌해야 되겠느냐?”

“바가지를 잡아서 균형을 잡거나, 큰 바가지에 옮겨 담아야겠지요.”

이학인은 빙긋 웃으며 고개를 끄덕였다.

“잘 알고 있구나.”

적운비는 이학인을 향해 예를 올렸다.

자신도 모르는 사이 성호림에 대한 적의가 드러났었나 보다. 스스로도 느낄 정도였으니 어찌 보면 당연한 일이다.

그렇기에 이학인의 말은 너무도 깊게 와 닿았다.

성호림에 대한 적의를 지우든가, 성호림 정도는 신경도 쓰이지 않을 만큼 큰 사람이 되면 되는 게다.

적운비는 빙긋 웃었다.

‘아무래도 남자라면 후자지.’

본래 만서고가 처음 생겼을 때에는 저자와 시기에 따라 분류가 되어 있었다. 한데 만서고를 이용하는 사람들은 대부분이 십 대 초반의 소년 소녀들이 아닌가.

그러니 만서고를 관리하는 사람이 없는 이상 책이 뒤죽박죽되는 것은 당연했다.

결국 적운비는 가장 먼저 서고에서 무작위로 책을 뽑았

다.

‘심심한데 책이나 정리할까?’

십여 권을 뽑고, 나무 그늘로 향했다.

그러고는 편안히 앉아서 책을 읽었다.

“성이운경이라. 별자리로 사람의 인생을 엿본다는 건가?”

적운비는 성이운경의 저자를 확인하고는 고개를 갸웃거렸다. 그의 기억이 맞는다면 성이운경은 심심풀이로 볼 만한 잡서였다.

“평범하네.”

하나 적운비는 말과는 달리 조심스럽게 내려놓고, 다음 책을 집어 들었다.

“송풍역기는 인관 도장이 쓴 책이니까 도경에 포함시키자. 아무래도 초보자를 위한 책이니 잘 보이는 곳에 놔야겠어.”

적운비는 마치 숨을 쉬는 것처럼 규칙적으로 책장을 넘겼다.

한때 먹고, 움직이고, 자는 시간보다 독서에 열중해야 했던 시기가 있지 않던가. 그러니 십여 권을 보는 데 긴 시간이 필요치 않았다.

‘생각보다 재미없네. 하지 말까?’

적운비는 하늘을 쳐다보며 침음을 삼켰다.

등선로를 청소하고, 오전 수련에 참가, 이후 뒷간 청소와 오후 수련을 마치면 두 시진 정도가 비게 된다. 그 후에 저녁을 먹고 도경 수업까지 참가해야 적운비의 하루는 끝났다.

그러니 만서고에 있을 시간은 넉넉잡아야 두 시진에 불과했다.

중간에 건곤구공을 수련하고 싶었으나, 도저히 시간을 뺄 수가 없었다.

결국 적운비는 마뜩잖은 표정을 지으며 날짜를 헤아렸다. 어차피 따로 수련을 할 수 없다면 급할 것이 없지 않은가.

반년 동안 근신하면서 만서고를 정리하는 것이 효율적이라는 생각이 들었다.

'에휴…… 일단 조금씩이라도 해 보자.'

적운비는 읽은 책을 들고 만서고로 돌아갔다.

그렇게 삼 개월의 시간이 흘렀다.

*　　　*　　　*

적운비는 언제나 그렇듯 만서고를 거닐며 책을 읽고 있

었다.

간간히 침음을 삼키거나, 웃기도 했고, 골똘히 생각에 잠길 때도 있었다.

한데 적운비가 갑자기 미간을 찡그리며 혀를 찼다.

누군가가 책에 해 놓은 낙서 때문이었다.

용강전기라는 책은 흔히 말하는 협객지로 무당파 출신의 영웅이 대마두를 때려잡는 내용이 흥미롭게 적혀 있었다.

적운비가 가장 좋아하는 무당파의 협객이 나오는 재미있는 책이다.

한데 지나칠 정도로 책을 훼손한 낙서는 도저히 참을 수가 없었다. 등장인물의 외모 평가는 기본이었고, 마음에 들지 않는 장면은 아예 책을 찢기도 했다. 심지어 뒤에 나오는 내용을 요약해서 적어 놓은 부분도 있었다.

결국 적운비는 용강전기를 내려놓으며 혀를 찼다.

'쯧! 저자와 시기 외에도 책의 상태까지 분류 목록에 넣어야겠군.'

생각보다 신경 써야 할 부분이 많았다.

'아무래도 근신이 끝난 후에도 조금씩 정리를 해 놓아야겠어.'

무당파의 제자는 자신으로 끝나지 않는다.

시간이 흐르면 또 다시 사대제자를 선별하기 위해 수련

제자들을 받아들이지 않겠는가.

그들을 위해서 선물을 준비한다고 생각하자.

잠시 후 다시 만서고에 들어간 적운비는 열 권의 책을 들고 나서는 순간 걸음을 멈춰 섰다.

만서고 앞의 공터에는 서늘한 바람을 동반한 채 뒷짐을 지고 있는 도인이 있었던 것이다.

적운비는 눈매를 살짝 찡그린 후 책을 내려놓았다.

그러고는 공손한 자세로 인사를 올렸다.

"총관주를 뵙습니다."

"크흠!"

벽성자는 언제나 그렇듯 싸늘한 눈빛으로 적운비를 대했다. 성호림과의 일로 그의 체면은 말이 아니게 되었기 때문이다. 일대제자나 되는 사람이 전후사정도 살피지 않고 성급하게 일을 벌였다고 말이다.

장문인은 물론이고, 무당삼청에게까지 불려가서 혼이 나지 않았던가. 심지어 면벽이나 폐관이 필요하다는 말도 들었다. 장로의 자리를 노리는 그로서는 짜증이 날 수밖에 없었다.

그러나 그를 가장 화나게 한 것은 호사방에서 보낸 서찰이었다.

겉으로는 성호림을 대신해 사죄하는 내용이었으나, 세세

히 살펴보면 불만과 투정이 가득했다.

울화는 치미는데 풀 곳이 없다.

벽성자는 반성하는 대신 적운비를 찾아왔다.

그러니 목소리에 짜증이 가득한 것은 당연했다.

"안에서 무엇을 하는 게냐? 행여 처분이 약하다 하여 게으름을 피우는 것이냐?"

"……."

"네가 잘해서가 아니라, 운이 좋았던 것이야. 그러니 반성하는 마음으로 성심성의껏 만서고를 지켜야 하지 않겠느냐?"

적운비는 일부러 고개를 숙였다.

"그리하고 있습니다."

하나 목소리의 고저마저 속일 수는 없는 법.

"뭣 하고 있었기에 어른이 왔는데도 인사를 하는 데 이리 오래 걸린 것이냐?"

벽성자는 트집을 잡으려는지 이리저리 살폈다.

하나 당장 트집거리가 있을 리 만무했다.

결국 얼토당토않은 말로 적운비를 괴롭혔다.

"근신을 처분받은 녀석이 반성하는 기색은 없고, 히죽거리기만 하는구나!"

적운비는 뜬금없는 트집에 황당한 표정을 감추지 못했

다.

 "만서고가 어떤 곳인지 알고는 있느냐? 선조의 숨결이 머무는 유서 깊은 곳이란 말이다. 천학도관처럼 네 놀이터가 아닌 게야!"

 벽성자의 비아냥거림에 적운비는 입술을 파르르 떨었다.

 '단 한 번도 만서고를 찾아온 적이 없으면서!'

 이런 사람이 무당파의 장로가 되려 한다.

 이렇게 치졸하고 얄팍한 사람이 말이다.

 그저 성호림보다 강한 사람에 불과하지 않은가?

 과연 무당파에 이와 같은 사람이 한 명뿐일까?

 불안한 의문이 깊어질수록 적운비의 말투는 퉁명스러워졌다.

 "그러지 않아도 만서고를 정리하고 있던 중입니다. 저는 만서고를 노는 곳으로 여기지 않습니다."

 벽성자는 못마땅한 기색을 드러냈다.

 "뭐라? 네놈이 사문의 어른 앞에서 허황된 말을 늘어놓으려는 것이냐? 일만 권의 책을 네 녀석이 정리해 봤자 얼마나 할 수 있단 말이냐?"

 "마음만 먹으면 못할 것도 없습니다."

 "뭐라?"

 벽성자가 노려봤지만, 적운비는 여전히 공손한 자세로

담담하게 대꾸했다.

"제가 어찌 총관주께 거짓을 논하겠습니까."

진인도 아니고, 사문의 어른도 아니다. 총관주라는 호칭에 벽성자의 눈매가 요동을 쳤다.

'이놈 봐라? 나랑 맞먹으려 들어?'

벽성자는 울분을 억지로 참으며 말을 이었다.

"흥! 네 말을 듣자 하니 근신이 끝나기 전에도 정리할 수 있단 말로 들리는구나."

잠시 후 담담한 한 마디가 흘러나왔다.

"그렇습니다."

그 순간 적운비를 내려다보던 벽성자의 입가에 비릿한 웃음이 맺혔다. 어린놈이 작은 재주를 믿고 방약무인하게 날뛰려는 모양새가 참으로 우습다.

'클클, 이 기회에 아주 무당산에서 내쫓아 주마!'

벽성자는 웃음을 억지로 참고 근엄한 어투로 말을 이었다.

"그것을 약조할 수 있겠느냐?"

"약조하겠습니다."

"허허, 어린놈이 광오하구나. 그래, 네 재주가 그리 뛰어나다면 남은 시간으로도 충분하겠구나!"

기호지세(騎虎之勢)라는 말이 있다.

벽성자가 보았을 때 적운비는 이미 달리는 호랑이의 등에 올라탄 형국이었고, 돌아올 수 없는 배를 탄 것이나 다름없었다.

아니나 다를까 저 건방진 녀석은 작은 도발에도 참지 못하고 금세 대답을 하는 것이 아닌가.

"충분합니다."

벽성자는 누런 이빨을 드러내며 소리 없이 웃었다. 한데 적운비가 뒤이은 말에는 결국 참지 못하고 웃음을 터트렸다.

"남은 근신 기간인 석 달이면 됩니다."

"크하하하! 설마 나와의 약속을 우습게 여기지는 않겠지? 만약 네놈이 구십 일 안에 만서고를 정리하지 못하면 스스로 무당산을 떠나야 할 것이다."

"당연합니다. 한데……."

적운비가 말꼬리를 흐리며 고개를 들었다.

'흡!'

벽성자는 자신도 모르게 웃음을 그치고 미간을 찡그렸다.

주제도 모르고 기세등등하거나, 뒤늦게 후회가 가득한 표정을 지어야 마땅했다.

그러나 적운비의 표정은 너무도 담담했고, 눈빛은 마치

호수처럼 고요하기만 했다.

'이놈……'

벽성자는 시선을 마주하는 순간 절로 불편한 마음이 들었다.

적운비의 눈동자는 너무 투명했다.

마치 자신의 속내를 훤히 들여다보고 있는 것처럼 느껴졌다.

'설마 호랑이를 올라탄 건 나인가?'

적운비는 그것을 아는지 모르는지 담담한 어조로 말을 이었다.

"제가 약속을 지키면 무엇을 해 주시렵니까?"

벽성자는 당황한 마음을 숨기려 호통을 쳤다.

"뭐, 뭐라? 네놈이 감히 내게 조건을 논하는 것이냐?"

하나 적운비는 오히려 고개를 갸웃거렸다.

"제가 이 일을 꼭 해야만 하는 명분이 없지 않습니까? 그래서 저는 진인께서 당연히 그래 주실 것이라 생각했습니다."

벽성자는 입매를 부르르 떨며 분기를 참았다.

순진한 척 고개를 갸웃거리는 꼴을 더 이상 두고 볼 수가 없었다.

하나 적운비의 말을 부정하면 구십 일의 약속은 깨질 수밖에 없었다. 적운비의 말마따나 명분도 없고, 강제성도 없었기 때문이다.

'이런 일로 장로회에서 다시 개망신을 당할 수는 없지.'

벽성자는 대수롭지 않은 척하며 말했다.

"좋다. 네가 원하는 것을 해 주마."

어차피 적운비가 정리할 수 있는 시간은 오후의 두 시진 정도에 불과했다. 그러니 만서고의 책을 모두 정리하는 것은 애초에 불가능한 일이었다.

수련관의 관도들이 모두 모여서 힘을 써도, 구십 일 안에 될까 말까 한 일이 아닌가.

그러나 만에 하나라는 것이 있다.

그렇기에 확실하게 해 두어야 했다.

"하나 내가 할 수 있는 것이야 한다. 게다가 너는 다른 사람의 손을 빌리면 안 된다. 다른 아이들의 수련을 방해해서는 아니 될 일이 아니더냐. 너 혼자서 모든 것을 해내야 할 것이다. 그럴 수 있겠느냐?"

적운비는 빙긋 웃으며 말했다.

"그리하겠습니다."

반면 벽성자는 더욱 약이 오른 듯 인상을 펴지 못했다. 아무리 궁지에 몰아넣으려고 해도 놈의 표정은 여전히 여유로웠기 때문이다.

한번 밀린 기세를 회복하기란 요원했다.

그러나 이렇게 물러설 수는 없지 않은가.

벽성자는 잠시 헛기침을 하더니 선심을 쓰는 것처럼 한 마디를 흘렸다.

"하나 수련제자를 핍박했다는 얘기는 듣고 싶지 않구나. 그러니 저녁 도경 수업이 끝난 후에도 정리를 할 수 있게 해 주마."

하지만 적운비는 오히려 표정을 굳혔다.

"네? 괜찮습니다."

"어허, 너를 배려해서 하는 말이니라. 그리하거라. 알았느냐?"

결국 적운비는 마뜩잖은 표정으로 고개를 끄덕일 수밖에 없었다.

"알겠습니다."

벽성자는 그 모습을 본 후에야 옅은 비웃음을 그렸다.

"그럼 삼 개월 후에 보자꾸나. 하지만 명심하거라. 이번 일을 해내지 못하면 스스로 무당산을 떠나야 할 것이다."

적운비는 벽성자가 떠난 후에야 표정을 풀었다.

하나 만서고를 돌아보는 순간 절로 한숨이 흘러나왔다.

'아……'

적운비는 벽성자의 배려 아닌 배려를 떠올리고 코웃음을

쳤다.

"귀찮게 됐군."

술시(戌時) 이후에는 만서고 출입이 금지된다.

석생이 와서 문단속을 하는 것이다.

한데 도경 수업이 끝나면 술시까지 고작해야 이각 정도
의 여유시간이 있을 뿐이었다. 오가는 시간을 제외하면 한
권이라도 읽을 수 있을까 싶은 짧은 시간이었다.

결국 벽성자의 배려 아닌 배려는 적운비를 괴롭히기 위
한 방편에 불과했던 것이다.

하나 적운비는 귀찮은 기색을 제외하면 조금의 표정 변
화도 보이지 않았다.

불합리한 내기?

잠시 옛일을 떠올리는 것만으로도 적운비의 입가에 자신
감 가득한 미소가 맺혔다.

'만서고 정도면 작은 편이지.'

적운비는 소매를 걷어붙이고 만서고로 향했다.

'삼 개월 후에 보지요.'

*　　　*　　　*

벽성자와 내기를 한 이후로 상당한 시간이 흘렀다. 하나

적운비의 생활은 달라지지 않았다.

오직 만서고에서 보내는 두 시진이 포함됐을 뿐이다. 그 덕에 적운비는 청송관도들과 여전처럼 매일같이 어울릴 수가 없었다.

그래서였을까?

수련관의 분위기는 조용하기만 했다.

청송관도들은 적운비가 없어도 열성적으로 수련에 임했고, 태청관과 상청관의 수련에도 여파가 미칠 정도였다.

이것은 적운비가 성호림과 싸우기 전 나눴던 대화가 원인이었다.

'청송관에 밟히고 싶어?'

그런데 그 후 실제로 성호림과 상청관도들은 짓밟혔다. 적운비가 한 걸 남이 할 수 없다는 법은 없지 않은가. 백이강과 왕차재를 제외한 태청관도들이 긴장하는 것이 당연했다.

관도들은 더 이상 청송관을 무시하지 않았고, 오히려 경쟁자로 여기며 진무제를 준비하고 있었다.

적운비만 그 모든 것에서 동떨어져서 생활했다.

건곤구공을 수련하고, 책을 읽었다.

만서고는 겉으로 보았을 때 조금의 변화도 보이지 않았다.

적운비는 벽성자와의 내기 이후에도 책을 꺼내 놓거나, 정리를 하지 않았다. 그저 전과 같이 책을 가지고 왔다가 읽은 후에는 다시 돌려놓을 뿐이다.

걱정하는 사람들이 점점 늘어났다.

벽성자가 적운비를 궁지로 몰아넣기 위해서 사람들에게 내기의 내용을 퍼트린 것이다. 물론 그 내용 자체는 상당 부분 벽성자의 마음대로 재구성된 상태로 말이다.

곳곳에서 적운비를 욕하는 소리 역시 늘어났다.

상청관도들을 이긴 후 기고만장하고, 그 언행은 성호림과 다를 바가 없다고 말이다.

하지만 대놓고 시비를 걸거나, 훈계하려 하지 않았다. 오히려 불가능한 내기를 시작했다며 비웃을 뿐이었다.

그렇게 한 달이라는 시간이 흘렀다.

"네가 이곳에 웬일이지?"

적운비는 자신 앞에 선 백이강을 향해 물었다.

만서고는 여전히 수련관도들에게 개방된 상태였다. 그렇기에 책을 보러 오는 이도 있었고, 적운비를 걱정하며 찾아온 이도 있었다.

한데 백이강은 만서고가 아닌 나무 그늘로 찾아온 것이다.

적운비는 여전히 책에 시선을 둔 채 말했다.

“보고 싶은 책이라도 있냐? 찾아 줄까?”

장난기 가득한 말에도 백이강의 눈빛은 흔들리지 않았다.

잠시 후 백이강의 딱딱한 한 마디가 흘러나왔다.

“왜지?”

“뭐가?”

“왜 내기를 한 거지?”

묻는 사람도 대답하는 사람도 감정을 쉬이 드러내지 않았다. 단지 겉으로 보이는 것이 밝거나, 딱딱할 뿐이었다.

적운비는 책장을 넘기며 대수롭지 않게 응대했다.

“그게 중요한가?”

“치기나 만용을 부릴 녀석으로 보이지 않거든.”

“훗, 사람을 너무 쉽게 판단하는구나. 난 치기와 만용, 객기 같은 말을 좋아해.”

백이강의 입매가 살짝 꿈틀거렸다.

성호림과 싸울 때부터 느꼈었지만, 이 녀석은 상대의 기분을 묘하게 만드는 재주가 있지 않은가.

“그런가? 그렇다면 더욱 실망스럽군. 성호림과 싸우는 모습을 보고 관심이 생겼었거든.”

그 순간 적운비가 슬며시 백이강을 올려다봤다.

“무한 사백 때문인가?”

백이강의 표정이 굳었다.

적운비는 아무렇지도 않게 말을 이어 갔다.

"어차피 너는 관도들에게 관심 없잖아? 그런데 수련제자가 싸우는 걸 보러 왔다고? 후훗, 솔직해지자고. 무한 사백이 나한테 관심을 가지니까 경계심이 생겼던 것 아닌가?"

백이강은 침묵을 지켰다.

하나 뒤이은 적운비의 말에는 절로 얼굴이 일그러지는 것을 참지 못했다.

"그런데 질 게 뻔한 내기를 했다더라. 두 달 후면 쫓겨난다더라. 이런 얘기가 도는 거지."

적운비는 빙긋 웃으며 말을 이었다.

"질 게 뻔한 내기에 매달려 좌절하고 있을 나를 보고 위안이라도 찾으러 온 거야?"

백이강의 눈동자가 심하게 흔들렸다.

"그렇지 않아."

그 순간 적운비가 이를 훤히 드러내며 웃었다.

"그럼, 호승심이라도 생긴 건가? 한판 떠 줄까?"

백이강은 대답 대신 눈을 번뜩였다.

적운비는 그 모습을 보고 파안대소를 했다.

"됐다, 됐어. 괜히 나랑 어울렸다가는 네가 계획한 앞길에 방해만 될 거야."

"계획? 앞길?"

"진무제에서 일등을 하고, 무한 사백의 제자가 되어 무당파의 중진이 되고 싶은 거잖아. 아닌가?"

백이강은 눈을 가늘게 뜨며 적운비를 노려봤다.

도대체 이 녀석은 뭐지?

어째서 매일같이 함께하는 왕차재도 모르는 것을 죄다 알고 있는 것인가.

"맞다."

적운비는 그럴 줄 알았다는 표정으로 다시 책에 시선을 돌렸다. 백이강은 그 모습이 마치 자신을 속물 취급하는 듯 느껴져 참을 수가 없었다.

"나이가 어리다고 모두 장난을 치며 노는 것은 아니야. 나는 무당파에 입문하여 강호에서 으뜸가는 문파로 되돌려 놓을 거야."

"나한테 변명할 필요는 없잖아?"

백이상의 가면 같은 표정이 산산조각 났다.

"변명이 아니야! 무당파를 부흥시키려면 혼신의 힘을 다 해도 모자라. 나는 그런 삶을 선택했어!"

적운비가 웃음기를 지우고 책을 덮었다.

"충고 하나 할까?"

"……."

"너와 같은 생각을 하는 사람이 한 명도 없을까? 모두 각자의 방식이 있는 거야. 그러니까 너만 할 수 있다는 오만함을 버려라."

"뭐라고?"

백이강이 울컥하여 대꾸했지만, 적운비의 목소리는 지금까지와 사뭇 다르게 강렬했다.

"비록 무당파가 쇠락하여 속가의 분위기를 띠지만, 근원은 도가의 조종이라고 해도 무방하다. 도경 어디에 동도를 배척하고, 경쟁하라고 적혀 있던가? 무당파를 부흥시키겠다는 마음이 진심이라면 그것을 잊지 마."

적운비의 말을 그냥 흘려듣기에는 진지함이 가득했다. 백이강은 결국 꿀 먹은 벙어리처럼 아무 말도 못하고, 꾸지람을 듣는 것처럼 멀뚱히 자리를 지켜야 했다.

"너는 성실하니까 그렇게 빡빡하게 하지 않아도 잘할 수 있을 거다."

적운비는 할 말을 다 했는지 다시 책을 펴고, 독서 삼매경에 빠져들었다.

하나 속으로는 백이강의 분위기를 살폈다.

'훗, 이걸로 성호림의 만행을 증언해 준 빚은 갚았다. 나머지는 네가 알아서 해야겠지.'

백이강은 한참 동안 머뭇거렸으나, 결국 한 마디도 하지 못했다. 그저 몇 번이나 적운비를 쳐다보며 입술을 오물거리릴 뿐이었다.

그러던 중 묘한 장면을 목격하게 되었다.

'벌써?'

적운비가 책을 읽는 속도는 상상을 초월했다.

그저 훑어보고 책장을 넘기는 것처럼 보일 정도였다.

책장을 넘기는 속도가 범상치 않은 것은 알았으나, 잠시도 쉬지를 않는다. 자신과 대화하는 중에도 벌써 몇 권을 읽지 않았던가.

'설마……'

백이강은 이내 고개를 절레절레 흔들며 돌아섰다. 마음속으로는 부정하고 있었지만, 결코 적운비에게 묻지 못했다.

'아니겠지. 아닐 거야.'

백이강의 걸음걸이는 더욱 빨라졌다.

한데 만서고의 입구에는 태청관의 삼인자인 조상이 백이강을 기다리고 있었다.

"뭐 했어? 보니까 분위기가 심상치 않던데."

백이강은 조상을 지나치며 투덜거리듯이 한 마디를 흘렸다.

"크흑! 도대체 언제 봤다고 나에게 충고를!"

조상은 없는 사람 취급을 당했으면서도 웃음을 잃지 않았다. 그는 종종걸음으로 황급히 백이강을 뒤따르던 중 고개를 돌렸다.

청송관도인 위지혁과 소대령이 만서고로 향하고 있었다.

예전에는 안중에도 없던 녀석들이 아닌가.

한데 적운비의 영향이었을까.

위지혁은 잽싸 보였고, 소대령은 듬직해 보였다.

'한가락 하게 생겼잖아?'

조상은 나무 그늘 아래서 한량처럼 뒹굴고 있는 적운비를 한참 동안 쳐다봤다.

'백이강보다 더 경계해야 하는 녀석일지도…… 한번 정보를 모아 볼까?'

위지혁은 나무 그늘에 들어오자마자 투덜거렸다.

"쟤들 뭐야? 이번에는 태청관에서 시비 걸더냐?"

적운비는 피식 웃으며 물었다.

"왜 함께 싸우시게?"

하나 위지혁은 단호하게 고개를 내저었다.

"아니. 대신 청송관은 내가 잘 이끌어 주마."

적운비는 코웃음을 치고는 소대령을 쳐다봤다.

"무슨 일이야? 할 얘기 있으면 수련 시간 때 하지 그랬어, 나 바쁜 거 알잖냐. 크큭.”

소대령은 만서고와 적운비를 번갈아 보며 걱정스런 기색을 잔뜩 드러냈다.

“그러지 않아도 그것 때문에 그래. 내가 뭐 도와줄 일은 없을까?”

적운비는 단호하게 고개를 내저었다.

“없어. 괜스레 총관주의 눈에 띄기라도 하면 트집이나 잡힐걸. 그러니까 청송관 애들한테도 당분간은 만서고 출입을 자제하라고 해.”

위지혁은 주변을 두리번거리며 은밀하게 물었다.

“너 진짜 이길 수 있는 거냐?”

적운비는 피식 웃으며 말했다.

“모두가 진다고 하더라. 네 생각은 어때?”

위지혁은 입술을 삐죽였다.

“개인적으로는 네놈의 콧대가 짓밟혔으면 좋겠지만……쩝, 너는 이기겠지. 이길 수 있으니까 시작한 일이잖아?”

적운비는 키득거리며 말했다.

“아이고, 우리 혁이가 많이 똑똑해졌네.”

“야! 내려다보지 마라! 청송관 애들은 이미 내가 다 휘어잡았거든? 이렇게 계속 까불면 나중에 따돌림 당하는 수가 있다!”

위지혁은 짐짓 적의를 드러내듯 말했지만, 적운비가 어찌 이들의 마음을 모를까.

"그래, 잘하고 있네. 네게 맡기마."

"맡기지 마! 원래 내가 하려고 했던 일이야!"

적운비는 위지혁이 여전한 것을 확인하고는 빙긋 웃으며 소대령에게 물었다.

"수련은 어때?"

"응, 이제 애들도 오르막길에서 건곤구공을 펼칠 수 있어. 가끔 쇠공을 떨어트리기는 하는데…… 헤헤, 사실 내가 제일 많이 떨어트리지만 말이야."

적운비는 만족스러운 미소를 보였다.

일전에 청송관의 관주인 이학인에게 부탁한 일이 있었다. 자신이 했던 경험을 거울삼아 관도들의 수련 방법을 건의했던 것이다.

단시일 내에 성취를 끌어올리려면, 심신을 극한으로 모는 것이 가장 효율적이었다.

'후훗, 뒷간이 제일 확실하지만…… 뭐, 산길이나 자갈밭도 나쁘지는 않지.'

위지혁이 슬그머니 눈치를 보더니 적운비에게 다가왔다.

"그런데 말이야. 진무제에서 잘할 수 있을까?"

적운비의 눈매가 호선을 그리자, 위지혁은 헛기침을 하

며 시선을 돌렸다.

"나야 어차피 상단에 돌아가서 상단주가 될 거니까 상관
없어. 하지만 이 녀석들은 무당파의 제자가 되고 싶어 하니
까 내가 대신 물어본 것뿐이야."

청송관의 관도들은 적운비의 성취를 알게 된 후 밤낮을
가리지 않고 수련에 힘썼다.

한데 위지혁이 그중 제일 열성적이었다.

적운비는 조금 더 위지혁을 골려 주려다 소대령의 표정
도 비슷한 것을 보고는 책 한 권을 건넸다.

"읽어 봐."

"뭔데?"

위지혁은 귀찮은 듯 되물으면서도 황급히 책을 펼쳤다.
적운비가 건넨 책은 수련관의 업무 사항을 적어 놓은 서류
와 같은 것이었다.

"우리가 현재 무당파의 삼대제자 중 하도의 수련생이다.
알지?"

"응."

"거기 읽다 보면 삼대제자 중 상도와 중도의 진무제 결
과도 적혀 있을 거야."

"어! 있다. 그런데 뽑힌 인원의 숫자가 다르네?"

적운비는 당연하다는 듯 고개를 끄덕였다.

"아무리 무당파가 속세화됐다고는 하나, 여전히 도가의 기풍을 지니고 있어. 그러니 아무리 세가 부족해도 자격이 없는 자를 뽑지는 않아."

소대령은 볼살이 떨릴 정도로 펄쩍 뛰며 말했다.

"그렇다면 자격이 되면 모두 뽑는다는 거야?"

적운비는 빙긋 웃었다.

"세가 부족하니 자격만 된다면 가릴 이유가 없지. 그러니까 다른 생각 하지 말고 건곤구공을 제대로 익혀. 수련관에서 익힐 수 있는 무공 중에서 최고는 누가 뭐라 해도 건곤구공이야."

적운비는 건곤구공에만 반응하는 무장선을 떠올리며 뒷말을 속으로 삼켰다.

'무당 전체에서 손꼽히는 걸지도 모르지.'

잠시 후 위지혁은 히죽거리며 청송관으로 돌아갔다. 애초부터 도우려는 생각보다 자신의 의문을 풀기 위해 찾아왔었나 보다.

한데 소대령이 걱정스런 표정으로 말을 이었다.

"사실 그것 때문에 온 게 아니고……."

머뭇거리는 모양새를 보니 짚이는 것이 있었다.

적운비는 담담한 어투로 말했다.

"성호림 때문에 그래?"

"응, 며칠 후면 성호림이 의당에서 나오잖아. 녀석이 해코지라도 하면 어쩌지."

적운비는 대수롭게 않게 흘려 넘겼다.

"다시 덤비면 다시 패야지."

"소문이기는 한데…… 성호림은 사람을 죽인 적이 있대. 그러니까 조심해야 해."

"됐어. 지금은 그런 조무래기랑 노닥거릴 때가 아니야. 내 걱정은 그만하고, 건곤구공을 더 수련해. 알았지?"

소대령은 몇 번이나 망설인 후에야 발길을 돌렸다. 한데 갑자기 헤죽 웃더니 한 마디를 남기는 것이 아닌가.

"여기 오자고 한 거 혁이야. 헤헷. 그런데 비밀로 하라고 했으니까 너도 말하면 안 돼! 알았지?"

적운비는 자신도 모르게 피식 웃어 버렸다.

위지혁은 생각보다 빠르게 변화하고 있었다. 그러고 보면 속까지 삐뚤어진 녀석은 아니었던 게다.

'훗! 귀엽네.'

소대령은 뭐가 그리 걱정인지 은근한 어조로 강조했다.

"그리고 애들은 네 일이라면 언제든 모이기로 했으니까 말만 해!"

"알았다, 알았어. 그만 가라."

적운비는 헛웃음을 보이며 소대령을 쫓아냈다.

그리고 기지개를 켜며 다시 나무 그늘로 향했다.

한데 하늘을 보니 벌써 반 시진 가까이 지난 후였다.

약속 날짜 중 하루가 통째로 허비된 것이다.

적운비는 나무 아래 쌓아 놓은 책을 쳐다봤다.

아직 서른 권 가까이가 쌓여 있었다.

그래도 기분이 썩 나쁘지는 않았다.

적운비는 히죽 웃으며 그늘로 향했다.

'같은 일이 한 번 더 일어나면……'

하나 그늘로 향할수록 입가의 미소가 사라졌다.

'참을 이유가 없지.'

第十章
협검(狹劍)과
거도(鋸刀)

저녁과 밤의 경계인 어중간한 시각.

적운비는 외딴 길을 걷고 있었다.

목적지는 만서고다.

저녁 도경 수업을 끝낸 후 자투리 시간을 활용하기 위해 나선 길이었다.

적운비는 달의 위치를 힐끔 살피고는 입맛을 다셨다.

'생각보다 귀찮네.'

벽성자는 시간을 더 주겠다는 식의 배려였겠지만, 적운비에게는 오가는 시간으로 인해 몸만 피곤해질 뿐이었다.

물론 벽성자는 남몰래 웃고 있겠지만 말이다.

‘흥! 평생 가 봐라. 장로는 아무나 되는 줄 아나!’

한데 적운비의 발걸음은 조금씩 느려졌다.

매일같이 오가던 길이건만, 왠지 모르게 느낌이 이상했다.

눈이 따갑고, 어깨는 무거웠다.

무엇보다 등골이 서늘한 게 꺼림칙하지 않은가.

‘뭐야? 이거!’

적운비는 더욱 걸음을 늦췄다.

이 세상에 원인 없이 일어나는 일은 없다.

또한 본능이란 자신이 자각하지 못하고 지나쳤던 오감의 잔재들이 뭉쳐져서 나타는 것이 아니던가.

그러니 자신이 놓친 무언가가 있는 게다.

‘성호림은 아니야. 그런 놈이 이런 기운을 만들어 낼 리가 없지.’

적운비는 눈을 가늘게 뜨며 주변을 살폈다.

폭이 일 장도 되지 않는 작은 산길의 양옆은 우거진 수풀로 가득했다.

‘뭐지? 이 기운은…….’

적운비는 주먹을 말아 쥔 채 양발을 질질 끌듯이 앞으로 나아갔다. 당장이라도 건곤구공을 펼칠 수 있도록 말이다.

한데 그 순간 부드럽지만, 깊은 울림이 있는 한 마디가 들려왔다.

"무엇을 그리 경계하는 것이냐?"

적운비는 천천히 모습을 드러내는 노도인을 보며 눈을 휘둥그레 떴다. 그러고는 그 누구에게도 보이지 않았던 천진난만한 목소리를 토해 냈다.

"진인!"

노도인의 선풍도골은 주변 풍광에까지 영향을 끼칠 정도였다. 황량하던 만서고 주변은 봄날의 달빛처럼 생기가 가득했다.

"오랜만이로구나."

노도인의 말에 적운비는 황급히 의관을 정제했다.

그러고는 다른 사람들이 보면 놀랄 정도로 지극히 공손한 자세를 취하는 것이 아닌가.

"제자 적운비가 벽천 진인께 인사 올립니다."

벽천 진인은 무당 장문인의 사형이자, 무당삼청(武當三淸) 중 으뜸으로 꼽히는 고수였다.

그리고 적운비를 수련제자로 뽑아 준 장본인이기도 했다.

"잘 지냈느냐?"

"네! 아주 잘 지냈습니다."

적운비는 친인을 만난 것처럼 싱글벙글이었다.

그도 그럴 것이 적운비가 가장 존경하는 사람이 바로 벽천 진인이었기 때문이다.

적운비는 두근거리는 마음을 억지로 다잡고, 벽천 진인의 말을 기다렸다.

'무슨 일로 오신 거지? 나를 보러 오신 건가?'

"물어볼 것이 있어서 왔느니라."

적운비는 벽천 진인이 가리키는 평평한 돌 위에 앉은 후 공손하게 대답했다.

"입관하던 날을 기억하느냐?"

"네."

"무당을 사태천 위에 놓겠다고 했지."

"그랬습니다."

"그 마음은 변함이 없느냐?"

적운비는 환하게 웃으며 고개를 끄덕였다.

"그렇습니다."

한데 벽천 진인의 분위기가 한순간 급변했다. 그러고는 눈을 가늘게 뜨며 물었다.

"어째서 무당파냐?"

적운비는 한 치의 머뭇거림도 없이 대꾸했다.

"무당파는 좋은 곳이잖습니까."

"제갈세가도, 남궁세가도, 모두 좋은 곳이지."

벽천 진인의 말에 적운비는 옛 일을 떠올리듯 눈을 가늘게 떴다.

"어렸을 때 저는 할 수 있는 일이 많지 않았습니다. 하루 종일 책을 읽으며 보내기가 일쑤였지요."

"무슨 일이라도 있었더냐?"

적운비의 얼굴에 한순간 쓸쓸한 기색이 스쳐 갔다. 하나 자신의 팔뚝을 치며 빙긋 웃었다.

"조금 아팠습니다만, 다 나았습니다. 어쨌든 매일같이 책을 읽다 보니 별의별 책을 다 읽게 되었습니다. 그중에는 강호의 고수들에 대한 책도 있었지요."

벽천 진인은 예상치 못했던 대답에 잠시 침음을 삼켰다. 하나 적운비의 말이 이어질수록 점점 말문이 막혀 버렸다.

"저는 그렇게 무당을 좋아하게 되었습니다."

"뭐, 뭐라? 고작 협객지에 나오는 무당이 좋아서였다는 것이냐?"

적운비는 불경하다는 것을 알면서도 망설이지 않았습니다.

"고작 협객지겠지만, 그 당시 제게는 그것이 세상의 전부였습니다. 저는 무당의 고풍스러운 모습이 너무도 멋있었습니다."

"지금은 아니다?"

적운비는 어색한 웃음을 보였다.

벽천 진인은 눈을 가늘게 뜬 채 한참 동안 적운비를 살폈다. 적운비의 말처럼 단지 저 이유 때문은 아닐 것이다. 하나 그렇다고 해서 무작정 캐물을 수도 없는 노릇이 아닌가.

무엇보다 무당을 좋아한다고 말할 때의 적운비의 눈동자는 너무도 맑고, 깨끗했다.

결국 벽천 진인은 옅은 미소를 흘리며 고개를 끄덕였다.

"그렇구나. 네게는 큰 이유였겠구나."

"네."

잠시 후 벽천 진인이 미소를 지웠다.

이제야 본론으로 들어가려는 것이다.

"한데 그리 좋아하는 무당에서 파문당할 뻔했더구나."

성호림과의 일을 말하는 것이다.

적운비는 유구무언(有口無言)인지라 고개를 숙였다.

"내가 너를 찾아온 이유는 잠깐의 화를 이기지 못하고 관도에게 중상을 입힌 네 행적을 이해할 수 없었기 때문이다."

적운비는 나직이 대답했다.

"죄송합니다. 하지만 그때에는 그렇게 해야 한다고 느꼈습니다. 그래서 그렇게 했습니다."

벽천 진인은 미간을 찡그렸다.

미안해하는 마음이 여실히 느껴진다.

하나 그만큼 반성하지 않는 마음 또한 전해졌다.

또래의 아이가 지닐 수 없는 확신과 의지.

벽천 진인은 침음을 삼키며 되물었다.

"나는 그것을 탓하러 온 것이 아니다."

적운비는 벽천 진인의 말에 눈을 동그랗게 떴다.

그 말은 곧 진인 역시 호사방을 달가워하지 않는다는 말이 아닌가.

하나 벽천 진인의 뒤이은 말에는 표정을 굳히지 않을 수가 없었다.

"너는 네가 파문당하지 않을 것을 알았다. 지금의 무당이라면 장래가 촉망되는 관도를 애써 내치치 않을 것이라고 말이야. 그렇지 않느냐?"

적운비는 눈을 휘둥그레 떴다.

그 순간 벽천 진인은 안력을 돋우며 적운비의 표정을 살폈다.

"대답하지 않는 게냐? 못 하는 게냐?"

"……."

이 순간 적운비는 당시의 일을 떠올리고 있었다.

'어째서 나는 걱정하지 않았던 거지?'

벽성자의 협박을 한 귀로 흘리지 않았던가.

‘나의 약함을 걱정했을 뿐 파문에 대해서는 조금도 신경 쓰지 않았잖아. 어째서?’

자신이 겉으로 어떻게 보이든 중심만 잡으면 된다고 여기지 않았던가.

그런데 언제부터 중심이 무너진 것일까?

벽천 진인은 마치 답을 내려 주듯 나직이 말을 이었다.

“아직은 의도하여 일을 벌이는 단계가 아니로구나. 단지 본능적으로 돌파구를 찾고, 스스로를 높일 수 있는 방법을 찾는구나. 참으로 대단하다.”

“……”

“너는 정말 도인과 어울리지 않는 아이다. 오히려 제왕의 상이나, 독보강호할 상이로다. 어떻게 네가 무당의 품으로 들어왔을꼬?”

그 순간 적운비의 두 눈이 찢어질 듯이 커졌다.

제왕의 상이옵니다!

한 하늘에 두 개의 태양이 있을 수는 없는 법!

방법은 하나뿐이외다!

부디 결단을…….

수만 마리의 날 벌레가 머릿속에서 웅웅거렸다.

적운비는 이를 꽉 문 채 부르르 떨기만 했다.

'으으으!'

그 순간 봄날의 햇볕처럼 따스한 기운이 적운비의 전신을 부드럽게 감싸 안았다.

벽천 진인은 내력을 일으킨 것이다.

그제야 머릿속의 소음이 사그라졌고, 마음이 평소처럼 잔잔하게 가라앉는다.

적운비는 정신을 차리고 눈을 동그랗게 떴다.

벽천 진인의 입가에는 처음보다 환한 미소가 맺혀 있었기 때문이다.

'나를 탓하시려는 것이 아니었던가?'

적운비는 자리를 털고 일어난 벽천 진인을 올려다봤다.

"얼마 지나지 않아 진무제가 열리겠구나. 그때까지 네가 정말 무엇을 하고 싶은지 생각해 보거라. 나 또한 같이 고심해 볼 테니 말이다."

적운비는 갑자기 주어진 화두를 몇 번이나 되뇌었다. 벽천 진인의 말처럼 본능적으로 계산을 했다고 치자.

그렇다고 무엇이 달라지는가?

적운비에게 있어서 성호림은 여전히 나쁜 놈이었고, 같은 상황이 온다고 해도 자비를 베풀 생각이 없었다.

왜?

무당을 위해서!

'내가 다시 태어난 곳이니까!'

＊　　　＊　　　＊

만서고가 내려다보이는 언덕.

그곳에 벽천 진인과 이학인이 있었다.

"못난 사질의 청을 들어주셔서 감사합니다."

이학인의 말에 벽천 진인은 손을 내저었다.

"내가 들인 아이다. 그러지 않아도 일간 만나보고 싶었던 참이니 개의치 말거라."

"그저 감사할 따름입니다."

벽천 진인은 잠시 침묵을 지키다가 나직한 어조로 말을 꺼냈다.

"사실 이곳으로 오는 동안 수련관 전체에 태청진기를 드러냈다."

"태청진기요? 이곳에는 태청진기를 인지할 관도가 없지 않습니까?"

이학인의 말에 벽천 진인은 옅은 미소를 떴다.

"그래, 그렇더구나."

벽천 진인은 자신을 향해 다가오던 적운비가 갑자기 경

계하던 모습을 떠올렸다.

우연이라고 보기에는 표정이 너무 진지했다.

잠시 후 진인에게서 기대감이 실린 한 마디가 흘러나왔
다.

"저 아이라면 정말 해낼 것 같지 않느냐?"

이학인은 빙긋 웃으며 대꾸했다.

"지금껏 저 아이는 스스로 했던 말 중 지키지 않은 것이
없었습니다."

"클클, 그런가? 반골에 말썽쟁이라고 소문이 자자하더니
이유가 있었군."

"본산에까지 소문이 났습니까?"

벽천 진인은 고개를 끄덕였다.

"돌산에서 금맥을 발견한 것처럼 소문이 났더구나. 장문
인 또한 예의 주시하란 명을 내렸단다. 벽공까지 관심을 드
러낼 정도였다."

이학인은 잠시 고개를 갸웃거렸다.

"청송관도가 상청관의 관도들을 이겼으니 그럴 만도 합
니다. 한데 삼대제자 중에서 그렇게 인물이 없습니까? 상
도와 중도의 관도 중 뛰어난 아이들을 몇이나 보았습니다.
한데 천룡학관은 매번 떨어지기만 하는군요."

벽천 진인의 눈매가 가늘게 변했다.

"신경 쓰지 말거라. 강호가 어디 실력만으로 평가받던 세상이더냐. 게다가 당금의 강호는 정마의 구분으로 판단할 수 없을 만큼 혼탁해. 명예와 이권을 협의지심보다 윗줄에 놓는 세상이지."

이학인은 조심스럽게 물었다.

"하면 사백께서 운비에게 관심을 가지신 것도 그 때문입니까?"

벽천 진인은 무당파 내에서도 탈속한 성품으로 유명했다. 그렇기에 무당파에서도 도맥과 무맥의 연결 고리를 맡고 있었다.

그런 그조차 천룡학관에 목을 매는 것인가?

벽천 진인의 입가에 쓴웃음이 그려졌다.

"장문인의 자리까지 사제에게 맡기고 평생 동안 강호를 떠돌았다. 하나 내가 할 수 있는 일이 없더구나."

표정으로 드러나는 서글픈 기색이 진인의 삶을 드러내고 있었다.

"나는 의협을 논하는데 상대는 이권을 논하니…… 이제는 나조차 지치지 않을 수가 없다."

"사백."

벽천 진인의 회한 가득한 눈빛이 만서고를 오가는 적운비에게 닿았다.

"저 아이라면 다른 방법으로 행하지 않을까?"

이학인은 그제야 진인의 행보를 납득하며 탄성을 흘렸다. 적운비에 관하여 자신과 같은 생각을 하는 사람이 있었던 것이다.

그 대상이 벽천 진인이니 더없이 든든했다.

"저도 그렇게 생각합니다."

"허허! 너라면 그럴 줄 알았다. 진무제가 열릴 때까지 저 아이가 가고자 하는 길이 우리와 같은지 한번 생각해 보자꾸나."

벽천 진인의 목소리에는 작은 기대감이 담겨 있었다. 이학인은 그제야 벽천 진인이 자신의 다소 무례할 수 있는 청을 흔쾌히 수락한 이유를 깨달았다.

"제가 사백을 대신하여 지켜보겠습니다."

"허허, 이미 그리하고 있지 않더냐? 그러니 나를 신경 쓰지 말고 하던 대로 하거라. 어차피 나도 당분간은 수련관에 신경을 쓸 수가 없구나."

이학인은 고개를 갸웃거렸다.

"무슨 일이라도 있으십니까?"

벽천 진인은 혀를 차며 한숨을 내쉬었다.

"쯧, 불청객이 온다는구나."

"본산에 말입니까?"

“그렇단다. 갑자기 제갈세가에서 방문을 한다더군. 장문인은 기세에 눌리면 안 된다며 벌써부터 만반의 준비를 하고 있단다.”

이학인은 제갈세가라는 말에 미간을 찡그렸다.

구파칠가로 대변되던 정파의 연합체가 깨진 지 벌써 수십 년이다. 강한 곳은 살아남았고, 약한 곳은 쇠락할 수밖에 없었다.

그중 제갈세가는 강자였고, 무당파는 약자였다.

‘오 년 만인가?’

제갈세가는 이제 명실상부한 호북성의 패주였다.

중원의 동쪽을 다스리는 천룡맹의 주축이란 뜻이다. 그러니 쇠락한 무당파와 어울릴 이유가 없지 않은가. 오히려 호북성 밖으로 눈을 돌려 세력을 넓히기에 여념이 없을 터였다.

제갈세가의 방문은 여러 모로 의구심을 가지기에 충분했다.

이학인은 벽천 진인이 떠난 후 밤하늘을 올려다봤다.

한데 청명한 날씨와는 달리 옅은 구름이 가득했다. 구름이 달을 휘감으려 했고, 희미한 안개가 별빛을 흐리게 만들었다.

‘날이 좋지 않구나.’

*   *   *

청송관의 약진은 곧 상청관의 퇴보였다.

상청관을 대표하던 성호림이 짓밟혔으니 관도들의 사기 또한 바닥을 쳤다.

한데 매일같이 고즈넉하던 상청관에 서늘한 바람이 불기 시작했다.

성호림이 백 일 만에 의당에서 나온 것이다.

"호림아!"

오랜만에 바깥출입을 하는 성호림의 안색은 창백했다. 얼굴에는 푸르스름한 기운이 감돌았고, 눈동자는 깊게 가라앉은 상태였다.

성호림은 눈을 가늘게 뜨고 자신 앞에 선 관도들을 확인했다. 상청관의 대장 노릇을 할 때에는 늘 스무 명에 가까운 관도들을 몰고 다니지 않았는가.

하나 성호림의 앞에는 호사방에서부터 따라온 여섯 명이 전부였다.

"애들은?"

성호림 앞에 선 소년들은 시선을 피할 뿐 대답하지 못했다.

"큭! 날 잡아서 기강을 잡아야겠군."

성호림의 말에 소년들은 그제야 예전의 기세를 되찾으며 키득거렸다.

"우리에게 밉보이면 어떻게 되는지 보여 주자."

"한 달 동안 근질거려서 혼났네!"

십 대 초반의 소년들이 흉계를 꾸미는 파락호처럼 음흉한 표정을 지었다.

성호림은 그 모습을 보며 입술을 씰룩였다.

'적운비, 이 새끼! 넌 죽었어!'

눈동자가 번들거릴수록 인상은 더욱 일그러졌다.

그리고 소년들은 그 모습에 만족스런 미소를 짓는다.

호사방도라면 당연해야 할 모습이었다.

정사지간의 호사방(湖四幇)은 본래 호북성의 성도인 무한의 동호(東湖)에서 고기를 잡던 어부들의 모임이었다. 한데 무한의 상권이 발달할수록 이권을 노리는 자들도 많아졌다.

결국 난립하던 어상(魚商)들은 힘을 모았다.

그렇게 탄생한 것이 호사방이다.

어업량을 맞추기 위해서라면 살인도 불사할 정도였으니 동호에서 호사방의 비위를 거스를 만한 곳은 없다고 봐도 무방했다.

또한 호사방의 특징은 잔인함 외에도 방주 선별에 있었다. 호사방의 방주는 십 년 주기로 네 개의 어상이 돌아가면서 맡게 된다. 그리고 지금 호사방주가 바로 성호림의 아비였다.

그러니 성호림과 소년들의 분위기는 그들에게 있어서 당연한 일이었다.

"당장 상청관으로 가자. 이 새끼들! 우리만 보면 설설 기게 만들어 주는 거야."

"두들겨 패다 보면 다시 말 듣겠지."

한데 성호림이 관도들을 호명했다.

"방악, 방수, 방기, 진평, 운강, 운홍."

각기 호사방을 이루는 네 가문의 후손들이다.

성호림의 부름에 소년들은 금세 집중했다.

"그 전에 할 일이 있어. 일단 내 방으로 가자. 병상에 누워 있는 동안 뭘 준비했는지 보여 주마."

상청관은 태청관과 같은 구조다.

그 말인즉슨 이인 일실을 사용한다는 뜻이다.

성호림을 비롯한 관도들은 다른 소년들이 웅성거리는 것을 뒤로 한 채 방으로 향했다.

"뭔데? 의당 밖으로 나오지도 못했잖아."

"그러게 말이야. 무슨 묘책이라도 생긴 거야?"

　방악 삼형제는 호사방도 중에서도 특히 성호림을 따르는 아이들이었다. 같은 사방(四幇)의 후예이면서도 스스로 수하를 자처한 것이다.

　"형님께 편지를 썼다."

　관도들은 성호림의 형이라는 말에 흠칫 놀라며 표정을 굳혔다. 호사방의 소방주는 성호림이 귀여워 보일 정도로 음험하고, 잔인한 사람이 아닌가.

　잠시 후 성호림의 방에 들어선 관도들은 탁자 위의 커다란 상자를 보고 눈을 휘둥그레 떴다.

　상자에는 호사방의 표식이 있었기 때문이다.

　"호사방에서 보낸 거야? 수련제자는 집에서 물건 같은 것 못 받잖아."

　"몰래 들여온 거야?"

　성호림은 입꼬리를 올리며 히죽거렸다.

　"다 통하는 방법이 있단다."

　관도들은 그제야 짚이는 것이 있었다. 호사방과 수련관의 연결 고리를 생각하니 금세 한 사람의 이름이 떠올랐다.

　"인맥이란 게 참 좋아. 그런데 이게 뭐야?"

　상자를 여니 길고 좁은 두 개의 갑이 나타났다.

　가장 체격이 좋은 진평이 눈을 가늘게 뜨며 물었다.

　"이거 검갑 아냐?"

성호림은 숨을 거칠게 몰아쉬며 상자를 풀었다.

그리고 그 안에서 나타난 것은 진평의 예상대로 검이었
다.

"협검이잖아!"

"협검이라고? 협검을 왜?"

뒤늦게 관도들이 놀라며 몰려들었다.

하나 성호림은 말없이 다른 상자도 풀었다.

다른 하나의 상자에는 나타난 것은 도(刀)였다.

호사방의 방도들이 사용하는 검과 도.

검은 협검(狹劍)이라 하여 검신은 손바닥보다 조금 길었
고, 손가락 두 개 정도로 얇았다. 본래 물고기의 살을 저밀
때 사용하지만, 싸움이 나면 언제든 흉기로 변할 수 있는
날카로운 소검(小劍)이었다.

도는 거도(鋸刀)라 하여 협검과 흡사했다. 다만 도신의
날이 톱니처럼 삐죽삐죽한 것이 특징이었다. 본래는 물고
기의 뼈를 자르거나 비늘을 뜯어내는 용도였지만, 흉악하
기로는 협검보다 더할 터였다.

성호림은 스산한 눈빛으로 거도와 협검을 쥐었다.

"호사방의 법도가 뭐냐?"

진평이 성호림과 비슷한 표정을 지으며 말했다.

"받은 만큼 주는 거지. 원한이라면 이자까지 쳐서 열 배

로!”

“적운비를 손봐주려고?”

방악 삼 형제는 제각기 옆구리를 움켜쥐며 인상을 썼다.
일전에 적운비에게 맞은 상처가 또다시 욱신거린 것이다.

“크큭, 그놈도 이걸 보면 혼비백산할걸?”

“우리는 뼈에 금이 갔으니 갈비뼈 한 개 정도는 부러트
려야 속이 시원하겠다!”

관도들이 키득거리는 사이 성호림이 거도를 들고 앞으로
나섰다.

“야! 운강, 운흥.”

성호림은 같은 호사방 출신 중에서 가장 과묵한 운강 형
제에게 거도를 내밀었다.

“이건 왜?”

운강은 미간을 찡그리며 한 걸음 물러섰다.

하나 성호림은 눈동자를 데굴데굴 굴리며 비아냥거리듯
이 말했다.

“이건 네 거다. 왜, 싫으냐?”

“…….”

“싫은 거야? 무서운 거야?”

호사방에 속한 이상 어떤 대답도 성호림에 적대하는 행
위가 된다.

운강은 싫은 기색이 역력했지만, 어쩔 수 없다는 듯 거도를 받아 들었다. 그는 거도를 소매에 넣은 후 물었다.

"뭘 어떻게 하려는 거야? 위협만 할 거지?"

하나 성호림은 대답 대신 음산한 웃음만 머금을 뿐이었다.

"칼로 찔렀다가는 파문이야. 아니, 살아서 무당산을 내려가지 못할걸? 호사방에서도 그것까지 막아 주지는 못해."

운강의 말에 성호림은 어깨를 으쓱거렸다.

"네 말이 맞아."

그러나 이내 히죽거리며 목소리를 낮췄다.

"그러니까 아무도 모르게 하면 돼."

이 순간 관도들의 표정이 극과 극으로 나뉘었다.

진평과 방악 삼 형제는 입맛을 다셨고, 운강 형제는 귀신이라도 본 것처럼 눈을 부릅떴다.

유경험자와 무경험자가 나뉘는 순간이었다.

방악이 은밀한 어조로 말했다.

"며칠 지나면 제갈세가에서 사절단이 온대."

성호림의 입가에 비릿한 웃음이 걸렸다.

"알아. 때마침 잘됐어. 하늘도 나를 돕는구만."

진평은 어리둥절한 표정을 지었다.

“제갈세가가 무슨 상관이야?”

방악이 성호림을 대신하여 촐싹맞은 어투로 설명을 했다.

“크큭, 호북에서 제일 잘나가는 제갈세가가 오잖아. 우리 같은 수련제자에게 신경 쓸 여력이나 있겠냐? 제갈세가처럼 대단한 곳이라면 하루 이틀 있다가 갈 리가 없어. 최소 며칠, 길게는 한 달도 있을 거라고.”

진평은 그제야 회심의 미소를 지었다.

“오호! 어수선할 때 해치우면 되겠군.”

성호림은 날카로운 협검의 검신을 매만지며 비릿한 웃음을 머금었다.

“그 자식, 요새 만서고 청소한다며? 구름 낀 날로 한번 잡아 봐.”

관도들은 히죽거리며 고개를 끄덕였다.

성호림은 수련관에서 만서고로 향하는 길을 머릿속으로 그렸다.

‘밤길 조심해라. 크큭!’

*　　*　　*

적운비는 늦은 밤 산길을 걷고 있었다.

오늘도 여지없이 도경 수업을 끝낸 후 만서고로 향하는 중이다.

'생각보다 좋은데?'

적운비의 발걸음은 경쾌했다.

벽성자의 예상과 달리 적운비는 어느 순간부터 늦은 밤에 만서고로 향하는 길이 즐거웠다.

인적이 드문 탓에 산길은 고요했다.

시끌벅적한 관도들을 피해 하루를 마무리한다.

그렇게 적운비는 생각을 정리하며 만서고로 향했다. 한데 만서고에는 선객이 있었다.

"왔느냐?"

적운비는 석생을 보고 고개를 갸웃거렸다.

"아직 술시가 아닌데요?"

석생은 어깨를 으쓱거리며 말했다.

"청소 좀 하고 있었다. 어찌 됐든 만서고는 내 관할이니까 말이야."

적운비는 나직이 탄성을 흘렸다.

그러고 보니 만서고는 눈에 띄게 청결해진 상태였다. 거미줄을 걷어 내고, 먼지를 치우니 달빛도 한결 가득히 들어오는 듯하지 않은가.

"저도 돕겠습니다."

석생은 황급히 손사래를 쳤다.

"아니야. 책을 정리할 시간도 부족하잖아. 어차피 오늘 하려던 곳은 다 했다."

자신이 도경 수업을 받을 때마다 석생은 만서고를 청소했던 것이다.

적운비는 별것 아니라는 시늉을 하며 돌아서는 석생을 물끄러미 쳐다봤다.

장로회에서 자신과 성호림이 각기 벌을 받게 된 것은 상당 부분 석생의 힘이었다. 그는 백이강과 진예화를 찾아가 증언을 부탁했고, 장로회에서 조금의 거짓 없이 사실을 전했다.

벽성자의 사람이라고 봐도 무방할 텐데 적운비의 편을 든 것이다.

한데 석생은 그것을 자랑하기는커녕 자신을 더욱 보살펴 주려 한다. 고마운 만큼 그동안 석생이 얼마나 외로웠을까 싶어서 안쓰러웠다.

적운비는 수련관으로 돌아가는 석생을 향해 외쳤다.

"선배, 목검을 이제는 놓으세요."

석생은 화들짝 놀라며 적운비를 쳐다봤다. 그러고는 이내 씁쓸한 표정을 지으며 말했다.

"그, 그래. 내가 더 수련을 한다고 해서 뭐가 달라질까.

지금이라도 다른 길을……."

적운비는 폭소를 터트리며 말을 이었다.

"아니요. 목검은 그만 놓으시고, 건곤구공만 수련하세요."

석생은 영문 모를 소리에 눈을 동그랗게 떴다.

적운비의 밝은 목소리가 이어졌다.

"몇 달 만에 성호림을 잡았습니다. 선배는 나보다 훨씬 더 오랜 시간 동안 수련했잖아요. 그러니 이것저것 익히지 마시고, 건곤구공만 하세요. 하나만 제대로 파시면 분명 좋은 결과가 있을 겁니다."

석생은 짐짓 표정을 굳히며 물었다.

"크흠, 그런 비법을 막 알려 줘도 되는 거냐?"

적운비는 대수롭지 않게 말했다.

"저는 더 좋은 걸 찾을 겁니다."

석생은 적운비의 눈빛에서 진심을 읽었다.

"더 좋은 것이라면 태청검법이나 태을삼십육검과 같은 상승 무공을 말하는 것이냐?"

"글쎄요."

적운비는 히죽 웃으며 어깨를 으쓱거렸다.

"계속 찾다 보면 발견하겠지요. 뭐가 되든지……."

第十一章

불청객(不請客)

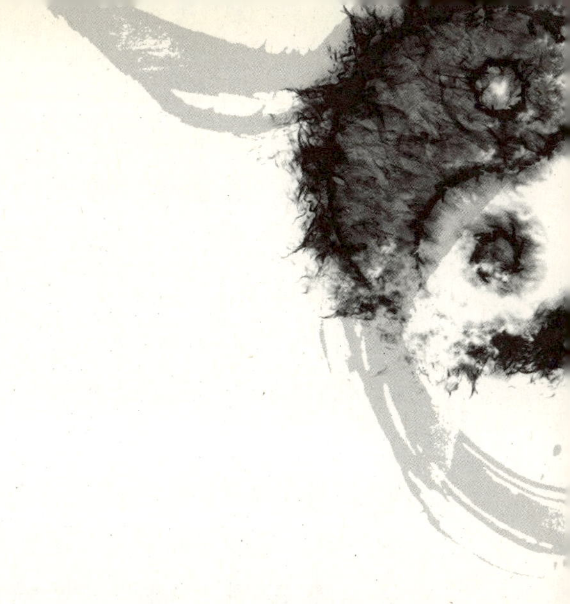

무당산의 위치는 호북성 북부의 균현이다.

그리고 무당산의 칠십이봉 중 자소봉에 터를 잡은 것이 바로 무당파였다.

무당파만이 무당이라는 이름을 사용했지만, 그렇다고 해서 무당산 전체가 문파의 영역은 아니었다.

물론 사시사철 안개가 자욱하고, 굽이굽이 이어진 봉우리 탓에 정확한 영역을 정하기란 불가능했다. 아직도 맹수가 뛰어놀고, 길이 없는 곳이 천지였다.

호북무림이 곧 무당파이었던 시절에는 무당산 전체를 영역으로 인정받았다. 하나 쇠락한 무당파는 자소봉과 그 인

근에만 머물 뿐 세를 넓히지 못했다.

그런 무당파의 현재 모습을 가장 잘 드러내는 것이 바로 해검지(解劍池)였다.

"음! 이곳이 해검지로군요."

제갈세가의 차녀인 제갈소소는 호기심 가득한 표정을 지었다.

작은 연못 앞에 세워진 비석을 본 탓이다.

"오라버니! 여기가 해검지예요. 한번 보세요. 무당에 대한 존경심을 표출하기 위해 병장기를 풀어 놓던 곳으로 유명했던 곳이지요."

연못 옆에는 나이를 추측할 수 없을 만큼 오래된 노송이 있었다. 한때 무당파가 융성했을 때에는 수십 명의 도인들이 해검지를 지켰다.

그리고 방문객의 병장기를 노송에 걸어 놓았다.

무당산에 병장기를 가지고 오를 수 있는 사람들은 그야말로 명성이 자자한 극소수에 불과했다.

행렬의 책임자인 제갈복은 혀를 끌끌 찼다.

"크흠! 해검지도 옛말이로구나. 이처럼 볼품없는 연못이 해검지일 줄이야."

그의 말처럼 지금의 해검지는 그저 작고, 오래된 연못에 불과했다.

이곳을 지키는 도인이 있다고 해도 얼굴을 붉힐 뿐 대꾸하지 못했으리라.

노문사가 제갈복을 향해 훈계조로 말했다.

"지금을 보지 말고, 과거를 봐라. 그리고 미래까지 한눈에 담아라. 어찌 제갈가의 문인이 그리도 경박하더냐!"

제갈복은 노문사를 향해 허리를 숙였다.

"죄송합니다. 백부님. 그저 이름 높던 해검지의 지금 모습이 안타까워서 그만……."

"무당파의 초입이니 이목에 주의하거라."

노문사는 주변의 무인들에게도 당부를 하듯 말을 이었다.

"비록 무당파가 쇠락했다고는 하나 강호인의 존경을 한 몸에 받던 곳이다. 모두 몸가짐을 조심히 하고, 언행에 주의하거라."

다소 분위기가 어두워지자 눈에 띨 정도로 잘생긴 소년이 앞으로 나섰다.

"한데 듣던 것보다 작네요."

제갈소소가 그 소년의 말에 고개를 끄덕여 수긍했으나, 이내 강한 어조로 말을 이었다.

"해검지의 명성은 크기가 아니라 무당파에서 나왔다고 해요. 세상일이 다 이것과 같으니 공자도 큰일을 하시려면 항상 명심해야 해요.”

“겉이 아닌 속을 봐야 한다는 거로군요.”

노문사가 말을 받았다.

“그렇다네. 만약 해검지가 원래부터 명승지였다면, 무당파의 흥망과 상관없이 여전히 아름다웠을 것이야.”

“명심하겠습니다.”

그 순간 시큰둥한 한 마디가 들려왔다.

“그 말은 왠지 흘려들을 수가 없는걸요?”

*　　　*　　　*

적운비에게 등선로란 하루를 시작하는 장소였다.

한데 계단을 오르는 적운비의 움직임은 무겁기 그지없었다. 스스로 의도하여 건곤구공을 최대한 느릿하게 펼치려는 것이다.

‘내 몸인데 내가 아는 것은 많지 않잖아?’

건곤구공을 펼칠 때 사용되는 근육과 뼈의 움직임, 그리고 미약하지만 내력까지 움직이려는 시도가 끊임없이 이어졌다.

이 과정은 건곤구공이 애초부터 앉아서 수련하는 좌공이 아닌 동공(動功)이기에 가능한 일이었다.

'태극이 어째서 태극이냐?'

적운비는 끊임없이 묻고, 끊임없이 대답한다.

지금껏 그가 읽고, 보고, 체득한 모든 지식과 경험을 통한 자문자답(自問自答)이었다.

물론 그 과정에서 길을 잃고, 헤맨 경우가 부지기수였다. 하지만 적운비는 과정 자체를 즐기며 멈추지 않았다.

한데 이것이 엄청난 결실을 맺고 있었다.

지금껏 그 누구도 건곤구공의 원리에 깊이 파고든 사람이 전무했기 때문이다.

건곤구공은 하늘과 땅 사이에 있는 인간이 공이라는 매개체를 통해 음양의 조화를 이뤄야 한다고 한다.

즉, 그것이 건곤구공의 요체였다.

요체를 알고, 체득하면 다음 단계로 넘어간다. 인간의 욕망은 끝이 없다고 하지 않던가. 더 많이 배우고, 더 좋은 것을 배우고, 더 높은 곳을 향하기 위해서 결코 멈추지 않는 것이다. 그 과정에서 지난 길을 돌아볼 여유는 없다.

물론 일정한 경지에 이른 고수들은 예외겠지만, 그것은 많은 시간이 흐른 후에나 가능한 일이었다. 한데 약관에도 이르지 못한 수련제자가 그것을 행하려 한다.

적운비는 건곤구공을 머리나 몸이 아닌 마음으로 깨우치고자 했던 것이다.

그 결과가 느릿하게 펼쳐지는 건곤구공이었다.

적운비는 자신의 마음속 깊은 곳을 관조했다.

등선로의 청소도, 건곤구공도 조금씩 잊었다.

그저 자신이 알지만, 깨우치지 못한 부분을 찾아 끝없는 여행을 이어 갈 뿐이었다.

"이야기 속에…… 볼품없는…… 쇠락한…… 흥망과 상관없는……."

드문드문 들려오는 몇 마디의 말.

적운비는 조금씩 현실로 돌아왔다. 어느새 등선로의 입구이자, 해검지까지 내려온 것이다.

이제 청소는 끝났다. 하지만 적운비는 해검지 앞에서 대화하는 사람들을 물끄러미 쳐다봤다.

무당의 상징을 앞에 두고 무당파를 평가하는 저들이 못마땅한 것은 당연한 일이었다.

적운비는 미간을 찡그리며 한 마디를 흘렸다.

"그 말은 왠지 흘려들을 수가 없는걸요?"

노문사를 비롯한 무인들이 황급히 돌아섰다.

"누구냐?"

무인들은 검의 손잡이에 손을 올린 채 매섭게 적운비를 노려봤다.

하나 노문사는 무인들을 자제시키며 앞으로 나섰다.

"복장을 보아하니 무당의 수련제자로구나."

적운비는 범상치 않아 보이는 노문사를 앞에 두고도 기죽지 않았다.

벽성자는 물론이고, 무당의 장로들 앞에서도 제 할 말은 다 하던 녀석이 아닌가.

적운비의 입에서 시큰둥한 한 마디가 흘러나왔다.

"제대로 보셨습니다. 그런데 무당의 영역에서 무당의 제자에게 누구냐고 묻는 당신들은 누구입니까?"

무인들은 적운비의 말투에 미간을 찡그렸다.

어린놈의 말본새가 참으로 시건방지지 않은가.

노문사 역시 표정을 굳혔다. 하나 그는 무인들과는 다른 의미로 적운비를 살피고 있었다.

'무인들과 검을 보고도 거침이 없다. 단순히 철이 없는 건가? 아니면 나이에 어울리지 않는 강단이 있는 것인가?'

노문사가 생각에 잠기고, 무인들이 화를 삭이는 사이 제갈복이 앞으로 나섰다.

"우리는 제갈세가에서 왔다. 그러니 어서 예를 갖추거라."

적운비는 그 모습에 헛웃음을 흘렸다.

"제갈세가의 이름만 대면 세상 모든 일에 면죄부라도 생기는 것처럼 말씀하시는군요."

제갈복은 인상을 썼다.

적운비의 시큰둥한 언행은 그를 당황시키기에 충분했다.

"그, 그게 무슨 소리냐? 호북성에서 본가만큼 위명이 대단한 곳이 있다더냐. 강호인이라면 마땅히 우러러봐야 할 것이야."

적운비는 아예 코웃음을 쳤다.

"훗! 누가 그랬는지 모르겠지만, 저는 딱히 우러러보고 싶지 않네요."

제갈복은 상상을 초월한 적운비의 응대에 표정을 일그러트렸다.

"이놈! 고작 수련제자 주제에 어디서 트집을 잡는 것이야. 네 녀석은 제갈세가가 우스워 보이더냐? 당장 사과하지 못할까!"

제갈복은 이쯤 되면 넙죽 고개를 숙이며 사죄할 것이라 여겼다. 혹시나 하는 마음에 소리를 칠 때 내력까지 운용하지 않았던가.

한데 적운비의 대응은 이번에도 제갈복의 예상을 뛰어넘었다. 뭐가 그리 좋은지 함박웃음을 짓고 있는 것이 아닌가.

"이놈! 지금 내 말이 우습더냐?"

"아닙니다."

"그러면 어째서 실실거리고 있는 것이냐?"

적운비는 제갈복을 똑바로 쳐다보며 담담한 어조로 말했다.

"세상 어디나 마찬가지라는 생각이 들어서요."

제갈복은 눈을 가늘게 떴다.

하나 뒤이은 적운비의 말에는 아예 구정물이라도 들이켠 사람처럼 인상을 찡그렸다.

"그런 사람을 또 볼 줄이야."

영문 모를 소리였지만, 그 속에 담긴 뜻은 명확했다. 누가 되었든 실망스러운 사람과 자신을 동일시한 것이 아닌가.

'이런 쳐 죽일!'

제갈복은 가쁜 숨을 조절하며 억지웃음을 지었다. 어린놈의 구공이 범상치 않으나, 출신의 한계는 넘지 못할 터였다.

제갈세가와 무당파.

출발선이 같지 않은 이상 저 녀석은 자신 앞에 굴복할 수밖에 없을 것이다.

"놈! 어르신께서 현재 무당의 상황에 빗대어 제자들에게 충고를 하신 것이 아니더냐. 한데 그것을 삐딱하게 받아들여, 객으로 찾아온 제갈세가를 문전박대하는 것이냐? 네가 뭐기에! 한낱 수련제자 주제에! 어디서 꼬박꼬박 말대꾸를 하느냐!"

적운비의 웃음이 옅어졌다.

부드러움을 대신한 것은 싸늘함이었다.

"과거를 살펴 현재를 인식하고, 미래를 대비하라. 이것은 제갈세가에서 하는 말이지요?"

"말 돌리지 말고, 당장 사과하지 못할까!"

하나 적운비는 눈한 번 깜빡이지 않고 속에 있는 말을 쏟아 냈다.

"전에는 해검지에서 무당을 업신여기고, 지금은 그쪽 말대로 한낱 수련제자에 불과한 소년을 이름으로 누르려 하니…… 제갈세가의 미래 또한 그리 밝아 보이지는 않는군요."

제갈복은 얼굴을 붉혔고, 제갈세가의 무인들은 일제히 검을 뽑아 들었다.

채채챙!

그들로서는 모욕을 참을 수 없었던 것이다.

한데 그 순간 노문사의 일갈이 터져 나왔다.

"이게 무슨 짓이냐! 감히 무당의 영역에서 검을 뽑다니! 누가 너희들에게 이런 무도함을 가르쳤단 말이더냐! 내 얼굴에 얼마만큼 먹칠을 해야 정신을 차리겠느냐!"

무인들이 황급히 검을 수습했고, 제갈복은 당황한 표정으로 말했다.

"태상어른. 본가가 모욕을……."

노문사의 눈썹이 역팔자를 그렸다. 인자했던 얼굴은 마치 군부의 장수처럼 매서웠다.

"닥쳐라!"

제갈복은 목을 움츠리며 물러섰다.

그도 그럴 것이 노문사는 제갈세가주의 백부였고, 전대 가주의 형이기도 했다. 그 말인즉슨 현재 제갈세가에서 배분으로 따지면 가장 높다는 뜻이었다. 세인들은 원로원주인 노문사를 태상(太上)이라 불렀다.

태상은 인자한 웃음을 지으며 적운비에게 말했다.

"허허, 소형제. 자네의 말이 맞네. 작은 실수가 있었으나, 제갈과 무당은 수백 년간 동도로서 강호를 지키지 않았는가. 그러니 이 늙은이의 체면을 봐서라도 우리 애들을 그만 혼내주게."

적운비는 굳은 표정으로 천천히 고개를 끄덕였다.

"네. 저도 과했습니다. 사과드립니다."

태상은 그 모습에 나직이 침음을 삼켰다.

'태상이라는 이름에 반응을 보이는 것인가? 호랑이 정도는 아니고, 늑대 정도일까?'

"허험! 시간을 너무 지체했구나. 어서 가자."

노문사를 필두로 무인들이 움직이기 시작했다.

하나 적운비는 넋이 나간 사람처럼 태상의 뒷모습을 쳐

다보아야 했다. 제갈소소의 파헤치는 듯한 서늘한 시선까지 눈치채지 못할 정도로 말이다.

'저런 사람도 있구나.'

적운비는 자신도 모르게 바짝 마른 입술을 깨물었다. 태상과 시선을 마주했던 순간을 떠올리니 두 다리는 사시나무처럼 떨렸다.

더없이 인자해 보이던 표정 속에서 전해지던 차가운 분노가 원인이었다.

'하아…….'

겉과 속이 완벽하게 다른 존재.

강호에서는 이런 사람을 가리켜 위군자(僞君子)라고 하더라.

적운비는 무거운 숨을 토해 내며 생각을 정리했다.

"알게 뭐야."

한데 그 순간 적운비의 시선을 끈 사람이 있었다.

녹의 무복을 입은 무인들 사이에서 청의 무복을 입은 소년을 발견한 것이다.

'저건 남궁세가의 복장인데…… 어째서 제갈세가와 함께?'

적운비는 고개를 갸웃거렸다.

그 순간 우연히도 소년이 고개를 돌려 적운비를 쳐다봤

다. 소년은 멀리서도 정광이 느껴질 만큼 강렬한 눈빛을 흘리고 있었다.

하나 적운비는 미간을 찡그리며 인상을 썼다.

남궁세가는 풍문으로만 들었지만, 안휘성의 패주가 아니던가. 게다가 천룡맹에서도 가장 강한 발언권을 지닌 세력 중 하나였다.

'쳇! 끼리끼리 다닌다 이건가?'

적운비는 갑자기 치솟는 짜증에 혀를 차며 수련관으로 향했다.

'마음에 안 들어.'

이것이 벽룡(碧龍) 남궁신과 괴공(魁公) 적운비의 비공식적인 첫 만남이었다.

＊　　　＊　　　＊

저녁을 훌쩍 넘긴 시각, 오늘따라 달빛이 흐렸다.

태풍이라도 한바탕 오려는지 먹구름이 잔뜩 밤하늘을 뒤덮었기 때문이다.

무당산마저 어둠에 휘감겼고, 맹수라도 나타날 것만 같은 으스스한 기운이 숲과 산길에 드리워졌다. 그것은 무당산 곳곳에 자리한 도관들도 마찬가지였다.

한데 담력 시험이라도 하는 것인지 폐허가 된 도관을 기웃거리는 일남 일녀가 있었다.

"오라버니. 여기가 어딘가요?"

제갈소소의 얼굴에는 불만이 가득했다.

"여기는 천학도관이야."

대답을 한 소년은 남궁세가의 무복을 입고 있었다. 소년은 제갈소소의 말에 대꾸하면서도 도관 주변을 살폈다.

"천학도관? 검천위 천학자의 도관?"

"그래. 소소도 알고 있구나."

제갈소소의 눈빛에서 불만이 옅어졌다.

제갈가의 여식인 이상 아무리 어리고, 곱게 자랐어도 호기심은 또래보다 왕성했다.

그리고 검천위(劍天位)라는 별호는 곧 전설의 한 단면이 아니던가.

제갈소소는 눈동자를 반짝이며 소년의 등에서 떨어졌다. 그러고는 이곳저곳을 돌며 탄성을 내지르기 시작했다.

"흠! 검천위께서 수련하던 장소군요. 그런데 여기가 제갈가와 남궁가를 환영하는 연회에서 빠져나와야 할 만큼 중요한 곳이에요? 큰일을 하시려면 내키지 않더라도 사람을 상대하는 법을 익히셔야 해요."

소년은 옅은 미소를 띠며 대답했다.

"네가 대신 하면 되잖아. 왜 따라온 거야?"

제갈소소는 서늘한 표정을 짓고 살짝 볼을 붉혔다.

"공자 신과 저는 혼인할 사이예요. 그러니 항상 함께 다니는 것이 당연하죠."

남궁신(南宮晨)은 제갈세가주의 얼굴을 떠올리며 미간을 찡그렸다.

'욕심 많은 돼지 같으니라고!'

하나 남궁신의 표정은 어둠으로 가려졌고, 부드러운 목소리만 여전히 울려 퍼졌다.

"그래, 가주의 말씀이 맞아. 그런데 그 말은 곧 소소는 남궁가의 사람이라는 뜻이겠지?"

제갈소소의 표정이 원래대로 돌아왔다.

"그 말은 오늘 일이 비밀이라는 거군요."

남궁신은 제갈소소의 머리를 쓰다듬어 주었다.

이미 한두 번 겪은 일이 아닌 듯 보였다.

"잘 알고 있구나."

제갈소소는 남궁신의 칭찬이 활짝 웃으면서도 애써 퉁명스런 목소리로 말했다.

"저는 어린애가 아니에요. 구룡과 검천……."

"소소!"

남궁신의 목소리가 처음으로 뾰족하게 변했다.

"죄송해요. 오라버니."

"입 밖으로 꺼내지 않는다고 약속했지?"

제갈소소는 고개를 끄덕였다.

"조심할게요."

"다 너를 위해서야. 정말 조심해야 해."

"네."

남궁신은 제갈소소의 머리를 쓰다듬다가 황급히 표정을 굳혔다.

'인기척?'

두 사람은 황급히 도관 안으로 몸을 숨겼다.

"누구지?"

제갈소소는 밖을 힐끔거리며 나직이 말했다.

"수련제자일 거예요. 아무래도 여기는 본산보다 수련관과 가까우니까."

"수련관?"

남궁신이 고개를 갸웃거리자, 제갈소소는 수련관에 대해 설명을 시작했다. 한데 그 설명은 무당의 수련제자들도 놀랄 만큼 상세했다.

'역시 제갈세가의 정보망은 경악할 만하군.'

남궁신은 속으로 탄식을 흘렸다.

그 순간 천학도관 밖으로 수련관의 무복을 입은 관도들

이 모습을 드러냈다.

성호림을 비롯한 호사방의 방도들이었다. 그들은 한참 동안 주변을 살핀 후에야 외딴 길로 사라졌다.

"상청관은 정사지간 출신을 받는다더니……."

제갈소소는 경멸의 눈빛을 흘리며 남궁신의 말에 대꾸했다.

"생긴 건 그냥 사파네요. 무당파가 아무리 몰락을 했다지만 개나 소나 다 받아들이는 건가."

"아침에 있었던 일 때문에 그러는 거야?"

남궁신의 말에 제갈소소는 적운비를 떠올리고는 볼을 부풀렸다.

"그런 녀석은 기억에서 지운 지 오래예요."

"후훗, 그럼 됐고. 어쨌든 따라가 보자."

"설마……."

남궁신은 눈을 반짝이며 말했다.

"저 자식들 칼을 가지고 있었어. 가서 무슨 일인지 확인해 봐야지. 우리는 정파인이잖아."

제갈소소는 남궁신의 속내를 눈치채고는 한숨을 내쉬었다.

"이런 일에 공을 세워서 무당파에 빚을 지우려는 거잖아요."

남궁신은 피식 웃으며 제갈소소의 머리를 쓰다듬었다.

"내가 군사는 잘 뽑은 것 같군. 아주 똑똑해."

"오라버니의 군사 자리는 영광이지만, 그 군사가 도대체 몇 명인지 모르겠네요."

남궁신은 제갈소소의 손을 잡아끌었다.

"하하, 네가 제일 유력한 후보니까 너무 서운해하지는 마. 어쨌든 재밌게 됐다. 사고도 막고, 겸사겸사 생색도 낼 기회잖아."

두 사람은 성호림과 일행들을 따라잡기 위해 빠른 속도로 움직였다. 하나 얼마 가지 않아 걸음을 멈추고, 몸을 숨겨야 했다.

'뭐야? 여기서 하는 건가.'

성호림과 관도들, 그리고 그 앞에 선 소년.

소년은 목검을 늘어트린 채 산길의 한복판을 막고 있었다.

성호림은 자신들을 막아선 상대가 백이강이라는 것을 확인하고는 짜증을 냈다.

"뭐야? 네가 왜 여기 있어?"

백이강은 평소와 다름없이 담담한 표정으로 대꾸했다.

"너를 막으러 왔다."

“뭐?”

백이강은 목검으로 성호림을 겨눴다.

“돌아가라. 지금이라면 나도 못 본 걸로 하마.”

그 순간 성호림이 숨겨두고 있던 협검을 소매 밖으로 늘어트렸다.

“이놈이고, 저놈이고 아주 지랄을 하는구나. 네깟 놈들이 감히 내게 명령을 해? 감히!”

백이강은 희미한 달빛을 스산하게 반사시키는 협검을 보며 흠칫 놀라야 했다.

“그건 어디서 난 거야?”

성호림은 협검을 이리저리 흔들며 키득거렸다.

“크큭! 네가 한 말을 그대로 돌려주마. 지금이라도 비키면 너는 봐주마.”

백이강의 눈매가 파르르 떨렸다.

하나 호흡을 이어 갈수록 조금씩 침착함을 되찾았다. 마치 진검(眞劍)을 상대한 경험이 있는 사람처럼 담담한 모습이었다.

그 모습에 남궁신마저 놀람을 감추지 못했다.

“저 녀석 꽤 괜찮은데?”

제갈소소는 눈을 가늘게 뜨고 백이강을 살폈다. 그러고는 마치 책이라도 읽는 것처럼 백이강의 신상을 읊기 시작했다.

"태청관의 백이강이에요. 수련관에서 제일 강하다고 소문이 났더군요. 출신은……."

남궁신은 제갈소소의 입술을 막았다.

"됐어. 그만해. 제대로 된 적이었다면 처음에 움찔했을 때 이미 찔렀을 거야. 그저 저 정도 수준인 거지. 어차피 그 녀석이 아니라면 별로 관심도 없다."

제갈소소는 미간을 찡그렸다.

"아침의 그 버릇없는 수련제자?"

남궁신은 피식 웃으며 고개를 끄덕였다.

그는 해검지에서 만난 수련제자 때문에 광분하던 태상을 떠올렸다.

제갈복은 태상의 체면을 구긴 죄로 무당산에 오르지도 못한 채 제갈세가로 돌아가야 했다.

여러 모로 흥미기 생기지 않을 수가 없었다.

남궁신은 입맛을 다셨다.

'저런 놈들이 노릴 정도라면 분명 그 녀석일 것 같았는데…….'

남궁신이 생각에 잠긴 사이에도 상황은 급박하게 돌아가고 있었다.

"너 같은 놈은 그 녀석을 이길 수 없어."

백이강은 칠성검의 자세를 취하며 말했다.

그 순간 서늘한 밤바람이 모래를 품고 휘말린다.

쉬이잉―

성호림은 음험한 표정으로 씹어뱉듯이 외쳤다.

"저 새끼. 잡아!"

살기 가득한 외침과 함께 관도들이 움직였다.

일촉즉발의 상황.

남궁신도 더 이상 머뭇거릴 수가 없었다.

'쳇! 그 녀석을 못 보는 건 아쉽지만, 일단은 무당파에 빚을 지우는 선에서 만족하자!'

그 순간 낯익은 목소리가 고즈넉하던 산길을 뒤흔들었다.

"너네 뭐 하냐? 주인공은 나잖아."

〈다음 권에 계속〉

권용찬 신무협 장편소설
ORIENTAL FANTASY STORY & ADVENTURE

질주무왕

『신마협도』, 『철중쟁쟁』, 『용중신권』을 잇는 신무협의 정수!

권용찬 신무협 장편소설
『질주무왕』

만병을 다룸에 있어 당할 자 없고
몸을 씀에 있어 권, 장, 지, 각, 퇴, 경, 신
이 모두 천외천에 이르렀으니
세상에 이런 무인 없어 무왕이라 일렀다.

dream
books
드림북스